英為中用
十大原則

林沛理　著

商務印書館

自序 Preface

英文是我的翅膀

親手虐殺至少30人的龐泰德（Ted Bundy）是美國史上最惡名昭彰的連環殺手。他1979年落網，10年後被電刑處決。判刑當天，法官問他可有話說。他以顫抖的聲音吐出兩句話：「罪有應得，但我以我的罪行為榮。」（Guilty as charged. But my sin is my pride.）

我不是連環殺手，連蟑螂的連環殺手也不是；但那些説我每天都在謀殺中文和損害中文純淨的人，我想告訴他們，"Guilty as charged. But my sin is my pride."。

在中文寫作中加插英文的單字、詞組和句子，有人會覺得是虛誇造作和自命不凡。可是，對我來説，在中文上撒點英文，就像吃意大利粉加蕃茄醬，或者吃雲吞麵加辣椒醬，是最自然不過的事情，沒有甚麼值得大驚小怪。我這樣寫文章，是率性而為和順其自然，英文所謂 "doing what comes naturally"。久而久之，這成為我的簽名式樣和寫作風格 —— 沒有英文的林沛理文章是剃光了頭的長髮美女，馬上變得無法辨認。

何謂寫作風格？以《格列佛遊記》（*Gulliver's Travels*，又譯《小人國歷險記》）一書廣為人知的英國作家施威夫特（Jonathan Swift）認為，寫作的最高境界 —— 他稱之為 "style" —— 是「把恰當的字詞放在恰當的地方」（proper words in proper places）。把這句話稍作改動，就是我寫作的關鍵問題：要怎樣

將英文放進中文才能做到恰如其份和恰到好處？不止是 "proper words in proper places"，而是 "proper English words in proper Chinese places"。

想深一層，英文於我，絕非只是用來調味的佐料（seasoning）。我追求的不單是摻雜着英文的中文所散發的獨特味道，更是一種對評論對象的洞悉和領悟。

我對英文沒有鄉下人對大城市的好奇和着迷，所以不會認為「只要是英文，就值得引用」（quotable as long as they are English）。我想做到的，其實是引出引語的新意（I quote to give new meanings to the quotes.）。例如在一篇討論手提電話改變現代人生活方式的文章，將「需要乃發明之母。」（Necessity is the mother of invention.）改寫為「科技發明需要。」（Technology is the invention of necessity.）。

也許更重要的是，在中文寫作之中，不受限制、無拘無束地使用英文，令我感受到前所未有的自由。寫作時要呆在一個地方如同坐牢，英文和中文卻是一對讓我可以任意飛翔的翅膀。《哈姆雷特》（Hamlet）的名句："I could be bounded in a nutshell and count myself a king of infinite space."（即使捆在果殼之中，我仍然當自己是無限宇宙之王。）。這就是英文給我的自由，有需要的話，也是我的答辯。

目　錄 Contents

對作家或以寫作為職業的人，英文重要，因為它既是繆斯女神；也是取之不盡、用之不竭的文化資源。有時用英文，只是幫自己的思路和靈感註明出處。

很喜歡 *oxymoron*（矛盾詞）這個英文字，它令這個充滿矛盾的世界的矛盾原形畢露，像 *faithful husband*（不吃魚的貓）和 *business ethics*（商業道德）。

英文是我的觀音廟，每當思想閉塞和腦筋不靈，都會到它那裏「借庫」，而它從來沒有令我失望。

以子之矛攻子之盾

社交媒體提供一個看與被看的舞台，不論處境多惡劣，都必須以好看、可觀來討好別人……

I use English to better express myself in Chinese

在電影《沉默的羔羊》（*Silence of the Lambs*），聯邦調查局為捉拿連環殺手，派調查員Jodi Foster前往高度設防監獄，向心理變態、嗜殺成性的Anthony Hopkins 求教。

這叫 "It takes one to know one."，或者說得更準確一點，是 "It takes a thief to catch a thief."。意思是你要捉拿賊人，就要掌握賊人的思路、作風和行事模式。如果你要捉拿的是世界級罪犯，你就要找一個懂得欣賞他的優點、長處和才能，本身也有相當「犯罪水平」的人幫忙；以「識英雄重英雄」的角度對罪犯進行分析和評估。

等一等，這跟寫作有甚麼關係？當然大有關係。寫作，特別是評論，跟它的題材和對象的關係，就像兵與賊、執法者與犯罪者的關係。好的評論應該像獅子撲兔那樣把它的題材緊緊逮住。要這樣做，評論人與他的評論對象必須「心意相通」，因為 "It takes a thief to catch a thief."。

起碼這是我寫評論的方法。今日大行其道的Facebook和iPhone，固然是英語世界的發明和產品；它們孕育、宣揚和體現的態度、價值觀和思想行為，也是從美國社會和西方文化傳統衍生出來。評論Facebook和iPhone大量使用英文和經常引用英語世界的文學家、哲學家和理論家，對我來說，是一套「以子之矛攻子之盾」的寫作策略，能夠有效揭穿社交媒體和智能手機的真相，以及它們深層次的內部矛盾。

《FB世代的看與被看》一文是對Facebook的批判，而Facebook是怎麼一回事，沒有甚麼比"Looking Good"二字更能說明一切。"Looking Good"當然可譯作「好看」，但總不及英文傳神。其實"Looking Good"還有要令自己好看的意思，用作名詞，更是FB世代的信念甚至信條（article of faith）。我在文章中分別用了兩次"Looking Good"和兩次"Look Good"，又將它們和"good looks"區分起來，相信不算濫用。

此外，我還用了不少英文的術語（"the government of public opinion"和

"the tyranny of the majority"）、短語（to see and be seen）、句子（Life is not a popularity contest.）、成語（All that glitters is not gold.）、將成語改寫而成的妙語（The glitter is more real than gold.），以及引語（There is nothing beneath the surface. Those who go beneath the surface, do so at their peril.）。目的是要把對Facebook的批判放到英美的社會、學術和文化傳統的大範疇看。所謂「以子之矛攻子之盾」，就是這個意思。

雖說失敗乃成功之母，但中國人似乎只是對兒子有興趣。台灣媒體工作者陳文茜為其新作取了個言不由衷的名字叫《我害怕成功》，所講的其實是來自不同界別的成功人士的成功之道。美國的情況大為不同，在那裏，失敗學是顯學。失敗學是有計劃、有步驟地解構失敗的原因，以及對如何從失敗中汲取教訓的系統性研究。

難怪當我要以失敗為題寫文章，找到的資料幾乎全是英文。特別有用的是三本書，單是書名已足以令人對失敗改觀 —— *Failure: Why Science Is So Successful*、*Black Box Thinking: Why Most People Never Learn From*

Their Mistakes But Some Do 和 *The Signal and The Noise: Why So Many Predictions Fail But Some Don't*。至於《敗中求勝的華麗冒險》這個題目，來自一句愛因斯坦的引語。原話是 "Science is an adventure in failure."。

對作家或以寫作為職業的人，英文重要，因為它既是繆斯女神；也是取之不盡、用之不竭的文化資源。有時用英文，只是幫自己的思路和靈感註明出處。比方說，要批判有組織的宗教（organized religion），又怎能不向美國人取經？歷年來，美國人對組織、宗教，以及有組織宗教所做的研究分析和發表的意見看法，汗牛充棟。在《宗教信仰與宗教情操》一文，我一開始就略施小技，將那個 Woody Allen 說到街知巷聞的笑話（"I have nothing against god. What I can't stand is his fan club."）改為 "I have nothing against religion. What I can't stand is its organization."。之後不知是沾沾自喜還是自鳴得意，再鑄造多一句英文句子——"Organized religion is as much about organization as it is about religion." 英文可以為中文所用，但文法必須正確（grammatically correct），這比甚麼原則都重要。

FB 世代的看與被看

社交媒體提供一個看與被看的舞台，不論處境多惡劣，都必須以好看、可觀來討好別人……

香港傳媒廣泛報導的水泥藏屍案，令我留下最深刻印象的是年僅十八歲的女疑犯。從電視上看到她由重案組的探員押解，在案發現場講述案發經過。黑布蒙頭、雙手及腰被鎖鏈拴住，是疑犯得到的「標準待遇」；值得細味的是她為自己所作的悉心打扮：及腰的金色頭髮配啡色長袖上衣，白色短裙襯白色短靴。拿走黑布和鎖鏈，這一身打扮與她放在FB（面書、臉書、面子書）、可以讓人按鈕表示喜歡（like）的照片非常吻合。

這是只有「FB的一代」（Facebook Generation）才可以充份理解的心理：不論環境有多惡劣、情況有多不堪或者處境有多困難，只要有人看到，你就要好看。越多人看到，你就要越好看。Looking Good比甚麼都重要，是社交媒體心照不宣的潛規則。

看與被看（to see and be seen）是社交的本質。FB一類社交媒體提供的，是一個看與被看的舞臺。你知道自己被看，你喜歡自己被看，就自然會千方百計令自己好看。所謂好看，不只是或不一定是漂亮外表和美貌（good looks），也可以是觀賞價值和「被看性」（to-be-looked-at-ness）。那即是說，不漂亮也可以好看，至少可觀：表演高難度的動作，把自己置身於危險的處境，裝出可笑的模樣和表情。隨時隨地以最佳、最具觀賞性的狀態示人，成為社交網站的禮儀和規矩（etiquette）。當這套禮儀和規矩成為你思想行為的一部份，那即使你被黑布蒙頭，雙手及腰纏着鎖鏈，你還是

要look good。更何況透過電視轉播，看着你的是無數貪婪的眼睛。

對這些中了社交媒體毒的年輕人來說，最大的羞恥不是被人發現做了「錯的事情」；而是在鏡頭前沒有做到「對的事情」──令自己好看或至少好看一點。Looking Good（好看）比 Doing Good（做好事）重要，是他們不會宣之於口但深信不疑的人生哲學。

FB的世界不是沒有不好看的人，而是沒有不想自己好看、不想自己放上網的照片不被人讚的人。在FB一代的眼中，生命是一場看誰更受歡迎的比賽 LIFE IS A POPULARITY CONTEST。討好別人（特別是朋輩）是他們生命的意義，討好別人的能力是他們願意花一生鍛煉、琢磨的生存技巧。

> 英文的表達力強，因為她的繁殖力強。Popularity contest 是「衍生詞」（derivative noun），來自singing contest（歌唱比賽）、talent contest（才藝比賽）和 beauty contest（選美比賽）一類常用名詞。

這並非誇張之言。美國新聞網站《每日科學》（Science Daily）最近報導，FB的活躍用戶只要連續兩天沒有上這個全球最大的社交網站與其他人互動，他們對社會的歸屬感和存在感，以至自我形象和自我價值，馬上就會大受打擊，甚至自慚形穢起來。

英國哲人密爾（John Stuart Mill）的名著《自由論》（On Liberty）發表至今已逾一個半世紀，但它提出「人離不開羣眾，更往往受制於羣眾的專

橫」SOCIAL TYRANNY 這個概念，卻絕對有助我們理解FB一類社交媒體怎樣扼殺個性和鼓勵隨波逐流。

社交媒體的暴政

密爾認為，真正自由的人必定是獨立自主的個體；既不受政客和權力操縱，也不會讓眾人的意見變成自己的意見。不要小看眾人的意見，它可以像政府一樣令我們規行矩步——密爾稱之為the government of public opinion，即法國歷史學者托克維爾"Alexis de Tocqueville"所說的「多數人的暴政」（the tyranny of the majority）。到今日，「多數人的暴政」變成「社交媒體的暴政」（social media tyranny）。

從這個角度看，KPop和韓劇風靡香港、大陸、日本以至全亞洲，完全可以理解。年輕人擁抱韓流，因為他們跟韓流一樣，都是「最緊要好看」哲學的信徒。對FB一代來說，韓國兩個字代表對「好看」全力以赴的追求，以及與「好看」聯繫在一起的魅力、華麗和成功。每一個韓國的整容女和健身男都是借鑑和經驗教訓，告訴我們醜怎樣可以變成美，以及要贏

（do well）就要好看（look good）這今日社會的自明之理。

莎士比亞提醒世人，閃閃發光的不都是金子（All that glitters is not gold.）。問題是在社交媒體幾乎支配生活的今天，表面上的光彩也許比金子更重要（The glitter is more real than the gold.）。在凡事看表面，只懂得一張皮或一身肌肉的美的社會，追求深度是自找麻煩。英國才子作家王爾德的《道林‧格雷的畫像》（*The Picture of Dorian Gray*）完成於一八九零年，可能是史上首部探討我們要為「好看」付出甚麼代價的嚴肅文學作品。書中有一句話，可作FB一代的座右銘：「外表就是一切。想要發掘外表的內涵，就必須自冒風險。」THERE IS NOTHING BENEATH THE SURFACE. THOSE WHO GO BENEATH THE SURFACE, DO SO AT THEIR PERIL.。

> Name-dropping 既是社交技巧也是寫作策略，指在文章或談話過程中，故意提到認識的名人以自高身價。我的做法比較精密和巧妙一點，不是 name-dropping而是quote-dropping，引用最聰明、深刻的人以顯示自己的聰明和深刻。這樣一直做下去，會將拾人牙慧提升至一門藝術。

宗教信仰與宗教情操

我們可以沒有宗教信仰，卻不能沒有宗教情操：心懷謙卑，明白世上確有高深莫測的不解之謎⋯⋯

一句有關宗教被引用過無數次的詼諧語：「我沒有跟上帝過不去，只是受不了他的粉絲俱樂部。」（I have nothing against god. What I can't stand is his fan club.）只要將這句話稍作修改，就是很多人對教會的態度：「我對宗教沒有不滿，只是受不了它的組織、系統和架構。」I HAVE NOTHING AGAINST RELIGION. WHAT I CAN'T STAND IS ITS ORGANIZATION.

> 改口說（rephrasing）是我經常採取的「英為中用」策略，目的不是要使意思更清楚；而是要表達全新的意思。我說要用引述引出新意（I quote to give new meanings to quotes.），並非信口開河。

無論天主教、基督教或佛教，傳統宗教信仰有的是嚴密的組織、龐大的資源和有效的動員能力。對這些所謂 "organized religions" 來說，它們的組織架構跟它們要傳遞的宗教信息同等重要（Organized religion is as much about organization as it is about religion.）。

從前，傳道是「雖千萬人吾往矣」的獻身，偉大傳教士的生命總令人聯想到耶穌背上十字架和殉道者的犧牲。發現維多利亞瀑布和馬拉維湖的戴維•利文斯通（David Livingstone）被譽為非洲最偉大的探險者。這是對他

以子之矛攻子之盾

原則一

的誤解。他在非洲開天闢地，到處設立佈道會，不是為了探險，而是要向非洲土著傳揚基督教。因《烈火戰車》（*Chariots of Fire*）一片而廣為人知的英國牧師伊利克・里達爾（Eric Liddell）一九二四年代表英國參加巴黎奧林匹克運動會，因男子一百米預賽安排在星期日而放棄比賽。其後他在四百米決賽中打破世界紀錄獲金牌。他跑步是為了榮耀神，所以即使在奧運之後成為明星級運動員，還是選擇以傳教士身份回到中國北方，最後在二次大戰結束前幾個月病死於被日本佔領的天津集中營。

今日的佈道人和傳教士當然不乏上帝的忠實僕人，但恐怕更多的是執行組織指示的「組織人」（organization man）。美國作家懷特（William Whyte）上世紀五十年代提出這個概念，用意是要美國人警覺大企業過度膨脹的權力。他指出，美國人的個人主義和開疆拓土的精神（frontier spirit）岌岌可危，因為他們漸漸相信「組織的決定永遠是對的。」（The organization is always right.）。

今日教會過度膨脹的勢力也令人擔憂。這一點，從 "BELIEVER/FOLLOWER"（信徒）一詞逐漸被 "churchgoer"（按時去教堂做禮拜的人）所取代可見一斑。按時去教堂（churchgoing）不代表虔誠，可能只是一種生活習慣或社交活動。這又牽涉到宗教信仰的本質。要用去教堂的「重複率」（frequency）來量度和量化虔誠，這是現代人的膚淺和功利主義。更何況正如新教神學家卡爾・巴特（Karl Barth）所言，虔誠與信德不可混為一談（Faith is never identical with piety.）。

無論如何，人不可無宗教而活。馬克思說宗教是大眾的鴉片、麻醉藥和鎮痛劑（Religion is the opiate of the masses.）。法國哲學家柏斯卡（Blaise Pascal）則認為，如果一個人夠清醒和懂得自保，他必然選擇信上帝。原因很簡單：信上帝的人要嘛受到獎賞，要嘛沒事，而無神論者要嘛下地獄，要嘛沒事，怎麼看都是信上帝划算。這就是哲學上著名的「打賭論」（the wager）。心理學家詹姆士（William James）也說人天生有「信的意志」（will to believe），因為宗教滿足人類基本的心理需要：相信世界有一個無所不能的創造者，以及最重要的，死後還有永生。

上帝也許只是幻覺，但這是必要和必需的幻覺 **A NECESSARY ILLUSION**。如果上帝已死或從未存在，世界就只剩下由法律審判的是非曲直，再沒有善惡。在一個後宗教年代，十誡無用，最有用的座右銘是：不要給人發現（Don't Get Caught!）。我們可以沒有宗教信仰，卻不能沒有宗教情操。

這是我心愛的矛盾修辭法（oxymoronic）。如果有人用oxymoronic形容我的文章或寫作風格，我會視之為比恭維和讚賞更難得的了解和明白。愛因斯坦說自己是deeply religious atheist，用的也是矛盾修辭法。英雄所見略同，信焉！

有宗教情操的無神論者

一生嘗試解釋宇宙奧秘的愛因斯坦自言是一個「非常有宗教情操的無神論者」（a deeply religious atheist）。"Mystery"譯作神秘，並非偶然。基督教神學為"mystery"所下的定義，就是一切只有上帝知道，人無法理解而必須接受的事情。

所謂「宗教情操」，其實就是一顆謙卑的心，明白世上確有高深莫測、無法透視的不解之謎。這些不解之謎或以極美的方式呈現，或以大智的方式顯示，愚昧的世人只能窺見其萬一。這感覺、認知和領悟，就是宗教情操的本質。

敗中求勝的華麗冒險

失敗也有好壞之分，好的失敗不是春夢無痕，而是欲罷不能，留下很多啟發心靈的懸念和想法……

為甚麼對大多數人來說，失敗就是失敗，而不是成功之母？從錯誤中學習，為何總是如此困難？二零零二年諾貝爾經濟學獎得主、任教於普林

斯頓的卡尼曼（Daniel Kahneman）對人的學習本能持悲觀的看法。他指出，理性人（the rational man）的概念來自十八世紀歐洲的啟蒙運動，已證實經不起科學的鑑定。人類與生俱來的缺陷局限了他們對世界的認知，令他們無法從錯誤中汲取教訓。比方說，人厭惡損失（行為金融學稱之為"loss aversion"），在投資的時候往往按照自己「心理帳戶」的平衡來做決定。在調整資產結構時，常常將組合中盈利的品種出售，留下的反而是讓他們長期虧蝕的品種。這類違反自身利益的投資行為何止不智，簡直非理性，卻十分普遍。

持相反論調的是哈佛大學的語言學家和科普作家平克（Steven Pinker）。以《語言本能》（*The Language Instinct*）一書廣為人知的平克深信，人有「想出生天」**THINK HIS WAY OUT** 的能耐。他在二零零一年出版的《人性中的美好天使》*The Better Angels Of Our Nature* 強調，人可以通過接受教育和建立有效機制克服他們的認知障礙，甚至超越他們智力的局限。

> 翻譯追求的，除了信達雅，還有一種對稱美（symmetricity）。將四個字的 "think his way out" 譯成也是四個字的「想出生天」就有這種對稱美。「想出生天」由四字成語「逃出生天」演變而來，又添幾分機智。

在新書《黑盒思維——從犯錯中學習的關鍵》*Black Box Thinking. Why Most People Never Learn From Their Mistakes – But Some Do*，作者施雅德（Matthew Syed）的前提是：飛行紀錄儀（俗稱黑盒）數據的詳盡分

析，大大減低飛機失事和發生意外的機會。如果我們將這套「黑盒思維」應用於日常生活，對遇到的問題進行仔細、客觀和科學的分析，我們便不會一而再、再而三地把事情搞糟、弄壞和出錯。只可惜人的腦袋不是黑盒，確認和選擇性偏差（confirmation and selection bias）、自圓其説（self-justification）、認知失調（cognitive dissonance）和敍述性謬誤（narrative fallacy），凡此種種，都會令到我們罔顧事實，對真相視而不見。

定名（titling）是一門學問。全球暢銷書*Fifty Shades of Grey*唯一值得讚賞的是它的書名。Grey是男主角的名字，又可以指灰色。Fifty Shades of Grey借色度的濃淡深淺比喻人的面目三千，妙到毫顛。*Black Box Thinking. Why Most People Never Learn From Their Mistakes – but Some Do*這個書名沒有那麼精彩，但也並非全無看頭。十四個英文字包含跌宕懸疑，最後三個字是畫龍點睛的punchline。

更何況我們是活在一個令人難以集中精神的年代。美國的數據分析專家西爾弗（Nate Silver）在《訊號與干擾 —— 準確預測的關鍵》（*The Signal and the Noise: Why So Many Predictions Fail – But Some Don't*）指出，數據不一定可以幫助我們解惑、釋疑、預測和決策，有時反而會令我們更無所適從，甚至錯判形勢。按照西爾弗的分類，數據之中只有極小部份是有用的事實和資料（他稱之為「訊號」（signals）），其餘大部份是無關重要的資料，他稱之為妨礙我們尋找訊號的「干擾」（noise）。

在西爾弗的眼中，現代人活在一個「干擾」遠遠多於「訊號」的混沌世界。最致命的是，有些自以為把一切事情都想通想透的大理論家和大預言家 —— 西爾弗用哲學家伯林（Isaiah Berlin）的分類，叫他們做「刺蝟」

（hedgehog）——往往把「干擾」錯讀為「訊號」，結果將世界引入歧途。

從錯誤中學習是一種能力，也是一種態度。長期旅居巴黎的美國現代主義先驅斯坦（Gertrude Stein）說得好，真正的失敗不用找藉口，它自會達到本身的目的 A REAL FAILURE DOES NOT NEED AN EXCUSE. IT IS AN END IN ITSELF.。神經科學家費爾斯坦（Stuart Firestein）在新書《失敗——科學的成功之道》（*Failure. Why Science is So Successful*）把斯坦的話從科學的角度加以詮釋。他說，失敗也有好壞之分。好的失敗不是春夢無痕，而是欲罷不能，留下很多探透耐性（tantalizing）和啟發心靈的懸念、想法、矛盾、疑問和謎團。這些懸念、想法、矛盾、疑問和謎團是所有重大的科學發現的基礎。這好比生物物種的變異（mutation），它們大多以失敗告終，卻有極少數能夠在進化的階梯上更上一層樓。在這個意義上，物種的生存之道，以及科研的成功之道，都是敗中求勝（succeed by failing）。

> Gertrude Stein是作家、智者和女同性戀者，也是海明威的伯樂和啟蒙老師。她說過最著名的一句話是 "a rose is a rose is a rose"。她不是我的那杯茶，但不能因人廢言，也是英為中用的原則。

正因如此，科學不是一門普通的學科。愛因斯坦認為，教授科學最好的方法，是把它描繪成一場與失敗並肩作戰的華麗冒險（an adventure in failure）。真正的科學家不會拒絕失敗，他只會保證，下次他會失敗得更

勇敢、更全心全意和更有啟發性。"Failing better"是他們用來衡量自己的最終標準。

重看電影有理

到今時今日，經典電影四個字還有意義與內涵嗎？

美國《時代》雜誌評選二零零零年至今的十大經典電影，榜上有名的除了《拆彈雄心》一類傳統的荷里活敍事片之外，還有動畫電影、3D科幻片、奧地利藝術電影、印度歌舞片和法國默片，以及李安執導的華語動作片《臥虎藏龍》。這樣一張歌頌全球文化多元性（cultural diversity）的名單在政治上當然立於不敗之地，問題是到今時今日，經典電影四個字還有意義與內涵嗎？

相信大家都有過這樣的經驗：百無聊賴躺在沙發上做 COUCH POTATO，拿着遙控器「滑台」（channel surfing），赫然發現一個電影台正在播映黑澤明的《七俠四義》，另一個則在播映《教父續集》。那一刻我不得不佩服本傑明 —— 當電影的經典變得那樣唾手可得的時候，電影的藝術神韻便

會煙消雲散。

英為中用，有時是迫於無奈。如何能夠將 "couch potato" 一詞包含的鄙夷、嘲諷和幽默用中文表達出來？大陸將它譯成「沙發土豆」，只是為了它的「洋味」，你不明所以是你的問題。把它譯作「老泡在電視機前的人」不是翻譯而是解釋。

本傑明（Walter Benjamin）在其影響深遠的《機械複製年代中的藝術作品》一文中，用「神韻無存」（loss of aura）這概念來形容十九世紀中期以後到二十世紀的藝術作品。他指出，由於複製技術的先進和普及，藝術與藝術觀賞者的關係產生了根本的改變，藝術觀賞者再不會帶着朝聖的心情欣賞藝術品，因為藝術品的藝術神韻已蕩然無存。

本傑明早說過電影是沒有神韻的藝術（post-auratic）。的確，今時今日，即使是將電影視為第一藝術的影癡，相信也無法抱着朝聖的心情看電影。這一方面固然是因為電影的複製技術，隨着VCD和DVD的發明，已成為現代人生活的一部份。更重要的是，互聯網已經成為全球最大的電影收藏庫和博物館，並且全日二十四小時開放。影癡足不出戶，只需打開電腦，就可以欣賞到很多冷門電影、藝術電影和經典電影。

於是，電影的藝術地位被動搖，作為商品與科技產品的本質卻越加明顯。其實，這些矛盾正是電影的本質：電影是必須在科技基礎上進行的創作，它既是一種藝術形式，也同時是在市場上供消費者選擇的商品。

有謂死亡面前人人平等 DEATH IS THE GREAT LEVELER，收費電視電影台對電影的態度也是一視同仁。它將爛片與經典之作、賣弄色情暴力的與深思熟慮的，「無分彼此」地以異常環保的方式循環播放。是以很多自認影癡或者懂得電影的人不願上電影台這艘賊船，一如自覺識飲識食的人不會去食自助餐一樣。

> 沒有甚麼比諺語更經得起時間考驗。它們沒有被時代淘汰，反而流傳下來，成為世人共用的文化資源。諺語是語言最極致的表現，將實情和真相一語道破。Death is the great leveler.這五字真言，用最言簡意賅的方式說出最血肉橫飛的事實，英文所謂 "a triumph of style and substance" 就是這個意思。

《紐約客》的影評人寶蓮‧姬爾（Pauline Kael）更認為，應該禁止在電視上播電影，因為電視的廣告時段會扼殺電影的節奏和將它的結構斬到支離破碎、無法辨認。電視螢光幕的比例、畫面和色差，亦無法公平對待（do justice to）運用得出色的電影語言。

我的忠告是，千萬不要在電影台上第一次看一套你很想看的電影。這樣做，就像拿着從報紙、雜誌剪下的優惠券，去跟你心儀的女孩子或男孩子第一次食晚飯，是最不浪漫和最煞風景的一件事情。

寶蓮‧姬爾搞錯了，電視播的電影不是給人第一次看的，而是給人重看、重看又重看的。電影也許只是消閒、逃避和麻醉，但不要以為你把它看了一遍就明白了它。《教父》是公認的經典之作，但我是在看第四次的時候，才留意到幼子Michael提出與暗殺教父的對頭人和受賄警察局長單獨會

面，好讓他有機會把他們當場打死。這場戲開始的時候，阿爾‧柏仙奴飾演的Michael最初只佔畫面不顯眼一角。鏡頭隨着他解釋計劃而緩緩向他推進，到最後他把話說完，已經佔據了畫面的中心。那是一直以來對家族生意不聞不問的Michael第一次表現出他的領導才能，預示了他日後成為遇佛殺佛的教父。

重看電影，特別是隨心所欲而非一氣呵成地看，常有意外的驚喜，令你捕捉到一些稍縱即逝的鏡頭、配樂或者對白。有一套叫做《沙煲兄妹日記》（*The Savages*）的電影，第一次看沒有留下印象，但在電影台上看第二次的時候，卻聽到一組價值連城的對白，有人問女主角："ARE YOU MARRIED?"，女主角苦笑一下，答道："NO, BUT MY BOYFRIEND IS."。

> 英文閱讀，應該由讀笑話開始。美國現代文學之父馬克‧吐溫（Mark Twain）是笑話大師。他最好的笑話 —— 例如Classic is a book which everybody praises but nobody reads.或者I never let my schooling interfere with my education. —— 將英文機智、頑皮和語帶相關的特性發揮得淋漓盡致。

明白一套電影，畢竟比明白一個人容易得多。因為電影拍了出來就不會變，而你可以不斷把它拿來重看。人與人相處，是沒有repeated viewing這回事的。這也許就是電影台提供的微妙心理治療。

「英」機一觸

一句英文，令人豁然開朗，不但想通了事情，更拆解了佈局，例如 "Curiosity killed the cat."。

Curiosity killed the cat.

英文是我的錦囊妙計，常常令我在靈感枯竭和茫無頭緒的時候靈機一觸，然後豁然開朗。《好奇會不會殺死貓？》一文，探討建制一方面縱容民眾的「聽話的好奇心」（submissive curiosity），另一方面又處處阻撓甚至懲罰他們發展「顛覆性的好奇心」（subversive curiosity）。想到將好奇心這樣分類，全因一句英文諺語 "Curiosity killed the cat."（好奇心能要貓的命。）。為甚麼好管閒事是自找麻煩？為甚麼要將好奇心「污名化」成殺人兇手？甚麼樣的好奇心會要貓的命？問對了問題，等於為文章的立論打好地基；跟着順藤摸瓜，自然會有重大發現。

2015年夏天，大陸劇《武則天》在香港電視台播出大受歡迎。我想找個既有趣又有效的角度評論這套以女人的乳房和乳溝招徠的偽歷史劇。「偽歷史劇」的指控要成立，首先要給歷史一個簡單明瞭的釋義。我想起邱吉爾說過，"History is written by the victors."（歷史由勝利者定稿。）。用這句話理解《武則天》，就像把鑰匙插入鎖孔，門打開了，看到《武則天》的素顏 —— 原來她是為愛犧牲一切又戰勝一切的愛情女皇。它是「偽歷史劇」，

因為它的歷史觀是可笑的"History is written by the lovers."（歷史由情人定稿。）。

很喜歡"oxymoron"（矛盾詞） 這個英文字，它令這個充滿矛盾的世界的矛盾原形畢露，像"faithful husband"（不吃魚的貓） 和"business ethics"（商業道德）。我最喜歡的一類矛盾詞，是沒有人看到或願意承認當中矛盾的矛盾詞，好比一對同牀異夢的夫婦，別人在社交場合看到的卻是天作之合的金童玉女。"faithful husband"是這類「表裏不一」的矛盾詞，"dream job"（夢寐以求的工作） 也是。寫《自由意志是最大的驕傲》，是要解釋為甚麼"dream job"是個矛盾詞；為甚麼正如我在文章所說，"In my dreams I have no job."（我做夢的時候不用工作。）。

好奇會不會殺死貓？

建制縱容民眾「聽話的好奇心」，處處阻撓、懲罰民眾發展「顛覆性的好奇心」……

英美社會有所謂「好奇殺死貓」CURIOSITY KILLED THE CAT. 的傳統智慧。實情是我們到今日仍然活着，並且情緒高漲、精神飽滿和興致勃勃，皆因我們還有點好奇心和求知慾。試想我們每天和一生所做的事情，小至發電郵、拆郵件和上社交網站；大至求學、找工作、談戀愛和結婚生子，哪一樣不是為了要滿足我們的好奇心？

> 英文有幾個極具殺傷力的動詞，像寶劍，一出鞘就見血。最驚心動魄的英文句子只有兩個字 —— "Love hurts."，效果的震撼，遠勝中文的「愛情令人受傷。」。Kill比hurt更猛烈、更致命。所以，與其說Curiosity killed the cat.，倒不如乾脆說Curiosity kills.。

生命是個奇蹟，只要你仍然有一種孩子般的好奇感（a childlike sense of wonder），它總會令你驚訝不已，讚歎不絕。好奇本來是與生俱來的一種激情（Wonder is the first of all passions.），每一個人出生的時候，眼睛都閃爍着發現生命的奇異光芒。對小孩子來說，遊戲既是消遣，也是生活態度，更是他們探索世界和滿足好奇的「正經事」。古希臘哲學家赫拉克利特（Heraclitus）說，人最悠然自得的一刻，就是處於孩子遊戲之時的認真狀態 MAN IS MOST NEARLY HIMSELF WHEN HE ACHIEVES THE SERIOUSNESS OF A CHILD AT PLAY.。只可惜我們長大之後漸漸失去童心，忘記怎樣用遊戲的心情認真工作和處世。

這句子有一種複雜美。它的複雜不是來自用字和句子結構，而是來自它的邏輯和洞見。人長大了，就不可能做回自己，他最多只能做到「幾乎是自己」（nearly himself）。方法不是像孩子那樣玩耍，而是像孩子玩耍那樣認真和投入地做事情。偉大的哲學家思想何止異於常人，簡直不同凡響。

非道德的好奇心

我們的好奇心是怎樣丟失的？誰偷走了我們的好奇心？這應該從好奇心是甚麼說起。好奇不僅是求知慾，也是要親身感受、體會和經歷的強烈慾望。本質上，好奇心是非道德（amoral）和反權威的。對要掩飾真相的當權者、操縱民意的政客、愚弄大眾的傳媒和大企業，以及隨時準備懲罰世人行差踏錯的道德警察而言，無節制、無止境的好奇就是最大的敵人。

人天生好奇，關鍵是怎樣將他們的好奇心分散到無關宏旨的事情上，使社會的現狀 —— 即剝削者與被剝削者的不平等關係 —— 得以維持？依我看來，建制將民眾「聽話的好奇心」（submissive curiosity）與「顛覆性的好奇心」（subversive curiosity）區分起來，對前者的煽動和滿足無孔不入，對後者的打擊和扼殺卻不遺餘力。

「顛覆性的好奇心」包括對真相的追求、對福柯（Michele Foucault）所謂的用來鞏固權力關係的「權力知識」（power knowledge）的敏感，以及對追求新奇、刺激體驗的強烈慾望——這種慾望往往會導致為社會所不容的越軌行為（social deviance），如婚外情、酗酒、吸毒和病態賭博。我們自小所受的教育、要規行矩步遵守的法律，以至社會價值和社會制度，處處都在阻撓我們發展顛覆性的好奇心；並且不時警告和懲罰我們，要我們知難而退，這才是「好奇殺死貓」的真正含義。

收放自如是操縱的藝術。建制要駕馭我們的好奇心，採取的是軟硬兼施的手段：「顛覆性的好奇心」當然要杜漸防微，甚至趕盡殺絕；但「聽話的好奇心」卻一定要盡情滿足，讓它放任自流。

所謂「聽話的好奇心」，就是那種電影、電視劇、小說、報紙、娛樂雜誌、廣告和互聯網每天都在滿足的好奇心。基本上，這是一種與追求真相與權力知識無關、低層次的求知慾。我們這種要知道的慾求和渴望不斷被刺激，也不斷被滿足；久而久之變成條件反射。我們習慣以 "THE DESIRE TO KNOW" 來取代要親身體驗、親身經歷的 "the desire to experience"。於是，不分晝夜地為我們提供替代性經驗（vicarious experience）和敘事樂趣的大眾娛樂和大眾傳播，也就順理成章地成為現代人生活的良伴。

Desire也許是最性感的英文字。她是慾的化身，任何字和她放在一起，馬上跟性扯上關係。A desire for somebody固然是強烈暗示希望與某人發生性關係，即使是 a desire for power；也令人聯想到權力與性的關係。想有更大的權力，是為了得到更多、更刺激的性？抑或權力令人產生的興奮，只是性興奮的替代品？難怪愛權力多過愛女人的美國前國務卿基辛格說，「權力是最好的春藥。」（Power is the best aphrodisiac.）。

建制千方百計縱容我們「聽話的好奇心」，目的不言而喻，就是要我們做聽話的順民。要控制一個人，首先要知道的是他的需要。對某些東西有病態性倚賴（pathological dependence）的人——即癮君子——最容易控制，你只要給或不給他們最想要的東西，就可以當他們是白老鼠那樣擺佈。

現代人對故事的入迷已經由嗜好變成上癮，可以稱之為「追故事」、「聽故事」和「看故事」的癮君子（narrative junkies）。這也是現代人最容易給人看穿、摸透和利用的弱點：政府要說服市民，企業要促銷產品，政客要收買民心，媒體要建構現實（media construction of reality），最有效的做法，就是向大家說一個忠奸分明、充滿戲劇性和人情味的故事。

懂說故事的人操縱世界

"Tell Them A Story"（給他們講個故事）不只是輿論導向和

危機管理專家的座右銘，也成為推銷產品、推銷政策，甚至有效管治的良方。Storytellers rule the world.（世界由懂得說故事的人操縱。），不由你不信。

當子女人生的配角

為人父母必須付出非人代價，你將不再是你的人生電影的主角，而是子女人生的配角和綠葉……

莎士比亞筆下角色哈姆雷特有一句名句 —— To be or not to be（是幹，還是不幹），這千古一問，天下夫婦大可改寫為To be a parent or not to be（是做人父母，還是不做）。

我們的人生和經歷，是我們作出的大大小小抉擇的總和 OUR LIFE IS THE SUM OF OUR CHOICES.。人的一生之中要做很多關鍵和困難的選擇，但沒有甚麼比生兒育女的決定更事關重大和無法逆轉。於是，生兒育女是名副其實的「生命抉擇」（life choice），它不只改變生命，更賦予生命（life-changing and life-giving）。

> 「英為中用」對我有難以抗拒的吸引力。於我而言,最好的寫作不是規規矩矩而是字字珠璣(to write not only grammatically but also epigrammatically)。當英文遇上中文,就像冷暖空氣會合,產生很多警句雋語的雷雨和閃電。"Our life is the sum of our choices." 正是一例。

如果你要做自己的主人,就不要做別人的父母(If you want to be your own master, don't be a parent.)。決定為人父母,就要做好心理準備,此生此世都會處於牽腸掛肚的狀態,這是養兒育女必須付出的非人代價。

為人父母令人學懂謙卑——英文所謂 "A HUMBLING EXPERIENCE":你要從熟悉、舒適的自我中心(self-centred)世界遷徙到一切以孩子為中心(child-centred)的兒童天地。在這陌生的國度,孩子的最大利益是量度所有事情的最終標準。從此你不再是你的人生這齣電影的男主角和女主角,而是你子女的人生這齣新片的配角和綠葉。久而久之,自我否定和自我壓抑變成為人父母者的生活習慣和第二天性(second nature)。

> 在當代英語的慣用法中,一個常見的錯誤是混淆了 "humiliating experience"(難堪、令人覺得屈辱的經驗)與 "humbling experience"(令人學會謙卑的經驗)。當然,有些經驗其實是歷練,讓人在難堪與屈辱之中學會謙卑。在戰場、商場、職場或情場上慘敗就是這類 at once humiliating and humbling experience。不過,能否學懂謙卑,還要看是否有慧根。

為甚麼天性利己的人類、經濟學家口中的「理性策劃者」(rational actor),會努力不懈、前仆後繼去做養兒育女這天下第一麻煩事?

進化論學者（evolutionary theorist）說這是為了宗氏、種族的繁衍和人類的生存。心理學家會告訴你，把跟自己有血緣關係的新生命帶到世上，是人類面對死亡和生命的有限最常用的應對策略（coping strategy）。《創世紀》說，神照着自己的形象造人 GOD CREATED MAN IN HIS OWN IMAGE.。生兒育女之苦可以忍受，因為扮演上帝的誘惑實在難以抗拒。從這角度看，生兒育女不一定是克己（self-denial），也可以是一種在心理上擴大個人權勢的自我膨脹（self-aggrandizement）。

> 讀《聖經》的不只是上帝的信徒，還有寫作的信徒。原因是，所有的寫作技巧和策略都在其中，堪稱學習寫作的「基礎文本」（foundational text）。這句 God created man in his own image. 只有七個字，卻為日後的科幻小說和科幻電影，以至描寫父子衝突的 family drama 提供了「絕世好橋」。

父母給予子女的是生命，子女給予父母的，是生命的意義（While parents give lives to their children, children give meaning to the lives of their parents.）。美國《紐約》（*New York*）雜誌的特約編輯珍妮花・斯列娜（Jennifer Senior）在新書《只有喜悅，沒有樂趣——今日養兒育女的矛盾》（*All Joy and No Fun. The Paradox of Modern Parenthood*）指出，整體而言，為人父母者比沒有孩子的夫婦過着更可憐但又更幸福的生活。如果婚姻是遊戲，子女就是改寫遊戲規則的變數（game changer）。夫婦爭拗，十之七八是因為子女。陪子女溫習和一起做功課是最普遍也是最乏味的親子經驗，斯列娜將之戲稱為「現代人的家庭飯」（the new family dinner）。

養兒育女不是好玩的事，但很矛盾，它往往能夠帶給父母極大的喜悅，這跟我們的心理素質（psychological make-up）大有關係。

二零零二年諾貝爾經濟學獎得主、美籍心理學家丹尼爾·卡內曼（Daniel Kahneman）認為，人有活在當下的「經驗自我」（experiencing self），亦有用來詮釋經驗、為經驗賦予意義的「憶述自我」（remembering self）和「敍述自我」（narrating self）。「經驗自我」告訴我們，養兒育女是自討苦吃。所謂「俯首甘為孺子牛」，說穿了，其實是一種「自我奴役」（voluntary slavery）。然而苦不是白吃的，「憶述自我」和「敍述自我」將這些苦化為意義和價值；養兒育女變成我們生活故事的主要情節，甚至主題，這就是書名《只有喜悅，沒有樂趣》的意思。

作為日常生活的一部份（daily routine），養兒育女是苦差，毫無樂趣可言。可是，作為一個窮一生精力去完成的計劃（life project），它給予為人父母者的是深刻、無可比擬的愉悅和滿足。

大陸的重與香港的輕

《武則天》的肉身是大陸製作，但她的氣質和靈魂都是香港的，充滿

港劇的感傷主義和愛……

剛剛在無線電視（TVB）播畢的大陸電視劇《武則天》自四月二十六日首播以來，收視屢創新高，是香港人的文化、品味、感性和詮釋能力的一次勝利。

這話怎說？一套大陸電視劇每晚在香港電視的黃金時間播出並掀起收視狂潮，大結局更創下收視新高，不是反映了香港本土電視劇不濟嗎？《武則天》在大陸被吹捧為「神劇」，在香港播出後不旋踵就以君臨天下、風捲殘雲的姿態征服香港觀眾，不是證明大陸電視劇的軟實力已經後來居上，凌駕香港；又或者香港觀眾與大陸觀眾的品味和審美觀念已經接近到「喜其所喜，好其所好」的地步嗎？這是否意味着香港人一直引以為傲的文化身份已經岌岌可危、搖搖欲墜？

事實剛剛相反。《武則天》從幕前到幕後當然是如假包換的大陸製作，但這只是她的肉身，她的氣質、感性和靈魂都是香港的。香港電視劇的文化感性（cultural sensibility）是甚麼？一言以蔽之，就是感傷主義SENTIMENTALISM。香港電視劇主角的人生觀幾乎只有一個「愛」字，他們憑藉的生命力是「愛的無邊的力量」（徐志摩語）。香港的電視劇不常碰歷史，但這些所謂歷史劇，全是從為情為愛的浪漫模子裏套出來的。二零零四年首播、大受歡迎的清裝宮廷劇《金枝慾孽》正是顯例。

一直以來，對大陸創作人來說，中國歷史是取之不盡、用之不竭的繆思泉源。大陸歷史劇以氣魄宏大、章法嚴謹、結構井然和佈局可觀見稱。它最出色的作品，例如《雍正皇朝》和《康熙帝國》，不僅善於經營歷史的寫實和精於為歷史人物造像；更往往能夠從歷史觀照當代。大陸歷史劇的歷史感，以及它對歷史的洞察力和想像力，使得它在香港通俗文化最無堅不摧的黃金時代，對港劇的感傷主義仍然有強大的抵抗力，甚至免疫力。

但物換星移，隨着大陸的門戶開放和市場經濟的發展，集體主義（collectivism）在生活的很多領域逐漸讓路給個人主義（individualism）。香港電視劇多年來播下的種子，終於找到適合的土壤發芽。二零一一年首播、當時在大陸和台灣受歡迎和引發討論的程度不下於《武則天》的《後宮甄嬛傳》堪稱大陸劇將歷史感傷化、陰柔化和女性化（feminization of history）的濫觴。它從女性的角度寫清朝雍正後宮的權力鬥爭，將女性的情與慾描繪成一股改變歷史的力量。

然而大陸歷史劇範式轉移（paradigm shift）的代表作不是《後宮甄嬛傳》，而是比它遲三年面世的《武則天》。這套由大陸當紅女藝人范冰冰投資和主演的電視劇將歷史感傷化和女性化到荒謬的極致。跟它比較起

來，《後宮甄嬛傳》雖然酒醉但還有三分醒：甄嬛愛上的不是雍正而是他的權力，所以她的愛情必定不得善終，因為權力的本質是操縱和控制——恰恰是愛情的相反。

「歷史總是由戰爭的勝利者來寫 HISTORY IS WRITTEN BY THE VICTORS.」是邱吉爾的名言。《武則天》將它改為「歷史總是由敢放膽去愛的人來寫（History is written by the lovers.）」。在這套將武則天寫成為愛犧牲一切又戰勝一切的「愛情女皇」的電視劇裏，愛情不只是歷史的推手，更是歷史唯一的真相。這是一套屬於Facebook和WeChat一代的「歷史劇」，所呈現的自我沉溺和自憐自醉（narcissism）完全是反歷史的。

> 這句話出自邱吉爾之口，因而升價十倍，進身格言警句（aphorism）的行列。可是，它骨子裏只是個說法（statement）。既是說法，自然可以輕易改寫。將 History is written by the victors.變成History is written by the lovers.，不過是換個說法而已。

這樣一套反歷史的歷史劇落在TVB手裏更發揚光大，修成正果。《武則天》香港版的最大改動，不是抹掉了原裝版本的「色」——將女演員露出乳房和乳溝的近鏡頭用後期處理的方式隱藏，而是賦予它一把「港女」的聲音和「港女」的意識。如果看《武則天》的大陸版和香港版是截然不同的觀影經驗，那是因為香港版的「洗腦歌」表面渾不着力卻竟能觸及星座驚動江湖。

一種創造性的提升

香港版貫穿全劇的主題曲（容祖兒唱的《女皇》）、片尾曲（吳若希唱的《眼淚的秘密》）和插曲（鍾嘉欣唱的《不顧一切》）不至於將《武則天》「去大陸化」，卻不着痕跡地將它「港劇化」甚至「港女化」。容、吳和鍾三個「港女」搖身一變，成為中國史上唯一女皇的聲音和意識。那是事實的真與幻想的假、歷史的力與愛情的美、大陸的重與香港的輕一次完美的結合。武后的野心，不曾有過如此浪漫的詮釋；港女的渴求，從未沾上這種悲劇的輝煌。當然，這不是寫實，更不是歷史；但以娛樂觀之，夫復何求？從文化挪用（cultural appropriation）的角度而言，TVB對《武則天》的改造是一種創造性的提升 CREATIVE TRANSFORMATION，對如何妥善處理大陸與香港關係不無啟示。

評論中有一概念名為「改造性的提升」（transformative improvement），指作品完成後比它改編、戲謔、模仿或取材的對象或更巧妙，或更緊湊，或更深刻。黑澤明將芥川龍之介的小說《竹林中》改編成電影《羅生門》，就是一個明顯的例子。再舉一例，王菲是王靖雯的「改造性的提升」。「改造」本是偶像生產工業的慣技。所謂包裝和形象設計，就是將醜打扮成美、笨拙調教成瀟灑、平凡扭轉成出眾。然而王靖雯由一個土氣十足的北京姑娘，搖身一變成為由頂至踵散發前衛歐陸風味的王菲，其脫胎換骨的程度到今日仍然叫人嘖嘖稱奇。

自由意志是最大的驕傲

人的自由意志是他最大的驕傲。真正的自由和奢侈不是可以做甚麼，而是不用做甚麼……

法國大革命思想先驅盧梭（Jean-Jacques Rousseau）的名言：人生而自由，卻處處受到束縛 MEN ARE BORN FREE, BUT EVERYWHERE THEY ARE IN CHAINS。人真的生而自由？一個完全沒有自保、自顧和自理能力的嬰兒除了哭、笑和吵的自由，還有甚麼自由可言？到我們長大，又有多少人懂得自由，活得自由，甚至活出自由的真諦？多數人過活，只是在扮演一個所謂「正常人」的角色。他們為自己挖了個深坑住在那裏，到發現這個世界根本沒有所謂正常人的時候，已經太遲。

> 在時間無涯的荒野，偉大的哲學家和思想家總在樂此不疲地玩「概念接龍」。盧梭提出 "Men are born free, but everywhere they are in chains." 之後大約90年，馬克斯和恩格斯發表震驚世界的《共產黨宣言》，呼籲全世界的工人掙脫枷鎖團結起來（Workers of the world unite. You have nothing to lose but your chains.）。

自由，對很多人來說，是得物無所用。自由可以用來做甚麼，他們茫無頭緒，因為他們以為最安全的選擇就是放棄選擇。人不僅是他所做的抉擇的總和，也是他沒有做的抉擇的總和。美國小說家詹姆斯（Henry James）的《貴婦人畫像》（*The Portrait of a Lady*）的女主角Isabel Archer不惜付出任何代價，也要知道甚麼事情是社會和世俗所不容，就是為了要選擇。

《第二性》（*The Second Sex*）的作者波伏娃（Simone de Beauvoir）年方十九就公佈天下：「我的人生只會服從我的意志。」（I don't want my life to obey any other will but my own.）。一個真正自由的人會不斷問自己：如果不是為了害怕被懲罰，你會怎樣過你的生活？每日起牀，他都會跟自己說：我今天要做一件偏離常軌的事情。不這樣想的話，生活便只有規矩；而規行矩步的生活其實不是生活，而是服役甚至服刑。你用囚犯的方式思考，就會變成囚犯。

世界上沒有 **DREAM JOB**（夢寐以求的工作）這回事，dream job是個矛盾詞（oxymoron），除非你在夢中也想被人呼來揮去。所以每當有人問我：「你的dream job是甚麼？」我總會這樣回答："In my dream, I have no job."（我做夢的時候不會想到工作。）。

> 按字典解釋，dream只可以當名詞或動詞用。然而字典的解釋是一回事，實際的使用和慣用法（usage）又是另一回事。Dream team、dream job、dream girl這些所謂複合名詞（compound nouns），皆將dream當形容詞使用。我們夢寐以求的東西比最好更好，除了dream，沒有形容詞可以表達「比最好更好」。

在資本主義社會，人的生產力等同他的價值，有用的社會成員必須找到一份有酬的工作（gainful employment）。酬勞越高，他的自我形象和社會地位便越高。這很諷刺，因為很多位居要津，甚至位極人臣者，每天的工作其實是為奴為僕。何謂「奴僕」？哲學家蘇格拉底說，奴僕者，受制於他人意志之人是也（A slave is someone dependent upon the will of another.）。在這個意義上，幾乎所有領薪水的上班族成員（the salaried class）本質上都是奴僕。公司內部的組織架構、指揮系統（chain of command）和匯報線（reporting line），就是要確保企業和管理層的意志

可以加諸員工身上。

真正的奢侈不是可以做甚麼，而是不用做甚麼。人的價值無須靠上班和工作來肯定，我們要學會怎樣從自己的一無所用中得到樂趣。的確，人到某個階段必須有不工作的勇氣，並且能夠充份享受做自己主人的獨立和自由而不感到內疚或者害怕。

任何讀過《聖經》的人都知道，上帝對人類最大的考驗是給予他們偷食禁果的自由；而亞當與夏娃怎樣行使他們的自由，就是歷史的開始。人的自由意志是他最大的驕傲。英國詩人彌爾頓（John Milton）寫《失樂園》（*Paradise Lost*），旨在為神辯護，解釋「天道何以此待世人」（to justify the ways of God to men）。他不相信宿命論，認為上帝創造的亞當和夏娃「有足夠的能力循規蹈矩，但也可以隨自己的意願沉淪墮落」SUFFICIENT TO HAVE STOOD, THOUGH FREE TO FALL。夏娃一針見血地指出，除非她有做錯的自由，否則她做得再對，也算不上品行端正、品德高尚。

> 如此漂亮的英文不費吹灰之力就打破詩與評論的界限。形式上的工整與對稱，與思想上的尖銳和深刻渾為一體。詩人艾略特說，For poetry, style is substance.這就是明證。

生活是創作，王爾德（Oscar Wilde）說他只把他的才華用於創作，將他的天才留給生活。生活是摸着石頭過河，帶着鐐銬跳舞。絕對的自由是創作

與生活的大忌。文法之於作者,一如畫布之於畫家和舞台之於演員,是他們表達的形式、創造的工具和想像的跳板。沒有這些形式、工具和跳板,藝術的美與張力、和諧與深刻將無法體現。沒有一個真正懂得寫作的人會詛咒文法 —— 他知道,沒有道具就沒有魔術,沒有規則就沒有遊戲。生活也是一樣,沒有囚禁和限制,自由便沒有意義。詩人奧登(W. H. Auden)說詩的韻律和規則將詩人從他的胡思亂想中拯救出來,就是這個意思。

借英文的富

Make it new —— 創新之道可以是舊為新用，也可以是英為中用……

Make it new

中國傳統有所謂「觀音借庫」，指財運不濟的人先到觀音廟祈求庇佑，再到庫房抽取利是一封，以求財運從此亨通。英文是我的觀音廟，每當思想閉塞和腦筋不靈，都會到它那裏「借庫」，而它從來沒有令我失望。

一直想寫婚姻，探討它如何能夠在一片頹垣敗瓦之中屹立不倒，又在婦解、性解放和節育的衝擊下不動如山。在我眼中，婚姻是每日發生、已成日常生活一部份的奇蹟，英文所謂 "everyday miracle"。可是，談婚姻怎樣才可以談出新意？錢鍾書的《圍城》不是已經把中國人的婚姻觀表達得淋漓盡致嗎？

所以我不得不向英文「借庫」。談婚姻又怎能不談性？中國人對性的忌諱，令他們談到婚姻的痛處、癢處和妙處總是畏首畏尾，顧左右而言他。要解釋婚姻為何歷久不衰，整部《圍城》也許不及英國劇作家和雄辯家蕭伯納（Bernard Shaw）的一句話："Marriage is popular because it combines the maximum of temptation with the maximum of opportunity."（婚姻盛行，因

為它將最大的誘惑乘以最多的機會。）。從詩人拜倫（Lord Byron）到小説家格林（Graham Greene）；從對「性的烏托邦」（Sextopia）的想像到馬斯洛（Abraham Maslow）的「需要層次論」（hierarchy of needs）；從偷情網站Ashley Madison 到荷里活電影，我在英語世界找到很多關於婚姻的小聰明與大智慧。

《婚姻的不敗之謎》、《婚姻制度不滅奇蹟》和《對婚姻的哲學性領悟》三篇文章想帶讀者一窺婚姻的「卑鄙真相」（dirty secret）：違反自然，扼殺激情，對自由構成致命的威脅。然而，説到底，我並非不婚主義者。我對婚姻的愛恨交織和矛盾情感，只能用英文表達 ── "If my marriage is a mistake, it's my favourite mistake."（我的婚姻如果是錯誤，那就是我最心愛的錯誤。）。誠然，婚姻是自由的天敵；但倘若人一生之中不曾為任何東西放棄自由，他也算是白活了。這句話，我還是要用英文説一遍才覺得痛快："Freedom has no value if you have nothing to give it up for."。

婚姻的不敗之謎

婚姻是雙刃劍，既滿足你的需要，也懲罰你的本能，但人類仍願意為此付出非人代價……

婚姻——指當權者或法律承認、一男一女的結合——跟宗教一樣歷史悠久。史上第一對夫婦是亞當和夏娃，他們的結合是上帝的恩寵。2,000年後的今日，人類對結婚仍然樂此不疲，這就是婚姻的不敗之謎。婚姻的不敗是一個謎，因為一夫一妻根本強人所難。婚後，你只可以進入某個人的身體，以及只可以讓某個人進入你的身體。想深一層，這規條其實不人道和荒謬得有點泯滅人性。婚姻要求自投羅網的男女放棄他們對自己身體的主權（sovereignty），因此在本質上是一種自願奴隸制 VOLUNTARY SLAVERY。人生而自由，所以天生不適宜結婚（The human kind is not the marrying kind.）。

> 另一有趣的oxymoron（矛盾詞）。人本來就天生異稟，會做各式各樣違反自身根本利益的事情。男人做老婆奴，女人做盲目趕時髦的fashion victims，都是voluntary slavery。奴隸制永遠不會廢除，因為人類可以解放奴隸，但解放不了自己。

人類願意為婚姻付出非人的代價，因為婚姻為他們提供無比的方便。英文有 "marriage of convenience" 一詞，指出於實際需要、金錢或政治原因的權宜婚姻。其實所有婚姻都是權宜婚姻：分析到最後，我們結婚往往不是為了虛無縹緲的愛情，而是要滿足實際的需要和無法抗拒婚姻帶來的種種方便和好處。

原則三　借英文的富

婚姻是一把雙刃劍。一方面,它盡情、放縱地滿足你的需要;另一方面,它毫不留情地壓制、挫敗和懲罰你的本能。難怪有調查發現,在人類發明的所有制度之中,婚姻帶給人最多痛苦、懊悔、遺憾和失望。男人和女人對婚姻的怨和恨,是古今中外文學藝術反覆出現的主題。對男人來說,婚姻是閹割(castration)。對女人來說,婚姻是誘拐(abduction)。

《圍城》的主角方鴻漸娶了怯生生、似乎沒有甚麼主見的孫柔嘉為妻。可是這個將自己小鳥依人地交付方鴻漸照顧的小女生,原來是個工於心計的策略家。婚姻,是她施展權謀的舞台;丈夫,是她玩弄手段的對象。在一切失控之前,她主宰着自己的婚姻,也操縱着丈夫的生活和命運。跌入圈套的方鴻漸就像被去了勢,逐漸喪失男人的捕食本能。

男人結婚,要做好被閹割的準備。女人結婚,就要準備好消失在養兒育女和相夫教子的刻板之中。改編自賣了900萬本的超級暢銷書《女孩不在》(Gone Girl)的荷里活電影《失蹤罪》講婚姻怎樣毀掉女人,即使是最出色、最優秀的女人也無法倖免。女主角Amy小時了了,有「神奇愛美」(Amazing Amy)之稱:但長大之後不管她多麼獨立能幹和才貌雙全,還是「不得不結婚」CAN'T NOT GET MARRIED。在這個充滿性暴力和侵犯的世界,單身、未婚和沒有伴侶的女人惶惶不可終日,因為在兩性關係的漁獵開放季節(open season),她們是男人「可以捕殺的動物」(fair game)。於是,女人結婚,希望從此得到男人的保護,即使要付出失去自我的代價也在所不惜。

> 這是英文使用法中的所謂雙重否定（double negative），包含can't與not兩個否定詞。嚴格而言，這並非標準英語認可的用法；但用作強調和加重語氣的手段，卻非常有效甚至難以取代。

這並非言過其實。聯合國婦女地位委員會曾經發表報告，指超過三份一的女性會在有生之年遭到與性有關的暴力對待；而每10個20歲以下的女性當中，就有一個被迫參與違反其意願、與性有關的行為。在美國，超過8成12至16歲的女孩在學校遭性騷擾。女人為了逃避男人的暴力逃到婚姻裏去，卻發現男人在婚姻裏使用的暴力可以更肆無忌憚和理直氣壯。目前，全球有超過30個國家在法律上容許丈夫毆打妻子；而淪為家庭暴力受害者的女性在日常生活更隨處可見。

對女性和男性來說，結婚都是「與敵同眠」SLEEPING WITH THE ENEMY。這不只是荷里活電影的橋段，更是文學和藝術的永恆主題和傳統智慧。多次改編成荷里活電影的《藍鬍子》（Bluebeard）是法國詩人佩羅（Charles Perrault）創作的童話，收錄在膾炙人口的《格林童話》（Grimm Fairy Tales）初版。主角藍鬍子是相貌奇醜的貴族，同時也是連續作案的殺妻者。他把前幾任妻子的屍體吊掛在其陰森古堡的房間，然後若無其事地到城中尋找新獵物。沒多久，他就以豪華派場和甜言蜜語說服了一個表面上全無機心的女孩嫁給他。誰知道藍鬍子在有機會解決他的新婚妻子之前，就被她趕來營救的兩個兄弟殺死。結果，女孩繼承了藍鬍子的所有財產，並找到一位真正的紳士結婚，過上了幸福的生活。

這樣比喻婚姻當然沒有「圍城」那麼優雅，卻可能更接近現實。想起了老歌I've Never Been To Me的兩句歌詞：“It's that man you fought with this morning, the same one you're going to make love with tonight.”（所謂丈夫，就是那個早上與你打架，晚上與你做愛的男人。）。

不是你死就是我亡，莫非就是婚姻的真諦？《失蹤罪》的妻子把丈夫弄於股掌之上，看來是這段婚姻的贏家；但其實她一早就在扮演妻子的過程中失去了自己，成為「下落不明者」（missing person）。婚姻是一宗令女人失蹤的罪，這就是電影名稱的真正意義。

婚姻制度不滅奇蹟

婚姻制度在自由年代中屹立不倒，因為它符合兩性身心需要，同時滿足了自我實現……

美國總統奧巴馬只是說了一句「同性戀人應該可以成家立室」，共和黨、保守派和衛道之士就像聽到隆隆的戰鼓聲一樣，馬上霍地而起。一場蔓延全國的文化戰爭似乎就要展開。婚姻，真的是那麼神聖不可侵犯嗎？

在這個強調選擇與自由的年代，為甚麼婚姻制度沒有土崩瓦解？在這個早

已將性行為與繁殖徹底分家的性解放社會，為甚麼每日都會有人「前仆後繼」、沒完沒了地「慷慨就義」？是將親戚、朋友和同事變做「人肉提款機」的誘惑無法抗拒，還是因為人類根本就有一種結婚的天性（marrying nature）？

婚姻絕對是一個每日都在發生的奇蹟（everyday miracle）。小說家格林（Graham Greene）視婚姻為一層不真實的彩色面紗（painted veil），揭開這層面紗，將是一條通往寧靜的路。社會學家將婚姻定義為「要與另一個人一起生活的公開、正式和終生承諾」。如此高難度、費神費力和需要苦心經營的事情，精打細算、好逸惡勞和見異思遷的城市人本應避之則吉；但奇怪的是，在多數人的心目中，已婚仍然是理想的狀態。以美國為例，經濟雖然不景，但結婚的人數有增無減，社會學家稱這個現象為「婚姻復興」（Marriage Renaissance）。

在一個性壓抑、嚴厲禁止婚前性行為的清教徒社會，婚姻當然有它不言而喻的社會功能和實用價值。蕭伯納說得好，婚姻盛行不衰，因為它將最大的誘惑乘以最多的機會 MARRIAGE IS POPULAR BECAUSE IT COMBINES THE MAXIMUM OF TEMPTATION WITH THE MAXIMUM OF OPPORTUNITY，那當然是指肉體的誘惑和性交的機會。把「性」寫得繪影繪聲的美國小說家貝克（Nicholson Baker）在新書 *House of Holes* 中，將所謂「性的烏托邦」（Sextopia）描繪成一間人人可以入住的酒店，酒店每一間房都有一個「性，現在就要」（Sex Now）的按鈕。住客一按這個按鈕，壯男或美女馬上走出來跟住客做愛。在現實生

借英文的富

原則三

活，婚姻就是那個裝在很多人睡房的「性，現在就要」的按鈕。

無數人解釋過婚姻的「長壽秘訣」，但少有說得如此生動而一針見血。
Combine一詞固然用得可圈可點，但最令人叫絕的是將maximum（最大
和最多）當名詞用。最後得出的婚姻方程式精明準確，反浪漫但令人口
服心服。

從這個角度看，婚姻是人類偉大的發明。你可以想到一個更穩妥、更有效
的制度，同時滿足性需要這飢餓的孩子，以及馴服性衝動這兇猛的野獸
嗎？婚姻當然不是完美（perfect）的制度，卻極可能是人類可以擁有的、
最好（the best possible）的制度。

於是，在很多人正在辦離婚手續的同時，總會有更多人趕着去結婚。即使
在香港這樣一個相對開放的城市，要找到一個安全、可靠、有吸引力而樂
於與你積極配合的性伴侶，對大多數人來說絕非易事。原因很簡單：性不
是平等機會的遊戲 SEX IS NOT AN EQUAL-OPPORTUNITY GAME.。
有些人很有性的吸引力，有些人一點也沒有。如果你沒有能力play the
field，在性愛的自由市場上跑來跑去、予取予攜，那結婚對你來說不失為
一個選擇。

中國人對性有忌諱，就算不至於談虎色變，也很難暢所欲言。我讀過
最坦白而有見地的「性論」和「性談」都是用英文寫的。有謂死亡之
前，人人平等（Death is the great leveler.）；在這方面，性是死亡的
相反。

這樣不是說今日的婚姻制度只為慾火焚身的失敗者而設？當然不是。只有

性的婚姻，跟沒有性的婚姻一樣名不副實。婚姻的性，應該是一些更重要東西的鑰匙。按照美國心理學家馬斯洛（Abraham Maslow）的「需要層次論」（hierarchy of needs），婚姻可以滿足的，不僅是性慾此最低層次的生理需要。婚姻關係的親密和互相關心、家庭的溫暖和夫妻之間的特殊友誼，滿足的是人類渴望被了解、被需要和被愛護的較高層次心理需要。

馬斯洛的人本主義心理學認為，人只有透過自我實現（self-actualization）才可以達致最有滿足感的「高峰經驗」（peak experience）。他認為創造美和欣賞美，是自我實現的重要目標。婚姻的原意，本來就是要結合的雙方互補不足，令彼此變得更加完整。所以洋人會叫自己的老公或老婆做 "MY BETTER HALF" 或者 "My other half"；而一個男人對一個女人的最大讚美，不是積·尼高遜在電影《貓屎先生》（As Good As It Gets）裏面對女主角所說的「你令我想做一個更好的男人」（You make me want to be a better man.）；而是「你令我形與神俱」（You've made me whole.）。在這個意義上，結婚絕對可以是一種自我實現。

> 英文有時會用冰冷的手術刀解剖婚姻，有時卻帶點天真地相信婚姻的救贖力量。可以面不紅、耳不赤地叫太太做my better half 的男人太幸福了，他們的信德令他們在塵世找到天堂。

對婚姻的哲學性領悟

能夠從「沉悶婚姻」中找到樂趣和滿足的人，不會當他們的婚姻是歷史遺產那般「活化」……

性慾（Eros）本質上是一種渴望、希冀和思念多於滿足和享受。所謂慾火焚身與慾火攻心，展現的正是性慾的原始力量。難怪在古希臘和古羅馬的文化研究中，"longing" 和 "sexual desire" 兩個詞經常交換使用。從這個角度看，婚姻是反性慾的（anti-erotic）—— 它用持續不斷的滿足來扼殺慾望。當性慾的滿足就像口腹之慾的滿足那般家常便飯，世間再沒有情人，只剩下飲食男女。

詩人拜倫（Lord Byron）說：「世上沒有停不了的地震和退不了的高燒，也沒有人可以擁抱激情過一生。」THERE IS NO SUCH THING AS A LIFE OF PASSION, ANY MORE THAN A CONTINUOUS EARTHQUAKE OR AN ETERNAL FEVER. 當婚姻歸於平淡，愛情就會死於沉悶。如何激活婚姻的一池死水，不僅是一道人生難題，也是一門學問、一個商機和一盤生意。

> 這句話的說服力，甚至催眠作用（hypnotic power）來自它的修辭和表達方式。有沒有人可以擁抱激情過一生是無法解答的問題，但沒有停不了的地震和退不了的高燒卻是常識。偏鋒之見建立於常識之上，馬上變成無可辯駁、難以否認的論點。

當婚姻悶出鳥來，傳統智慧鼓勵夫婦發揮他們的想像力和轉移他們的注意力，這就是「同牀異夢」的真正含義。當今之世，互聯網、智能手機和社

交網站大行其道，我們有千個殺死沉悶的方法；這些方法當然也可以用來殺死「婚姻沉悶」（marital boredom）。的確，今時今日，夫婦相對無言的景象已不復見，因為他們老早已經把頭低下來，各自用他們的手機去找刺激和尋開心。

在一個「分心有術」，令人無法專心致志的世界，逃（避）婚（姻）和移情別戀太容易了。至於是否真的「行差踏錯」，端視有沒有「行差踏錯」的機會。

對很多成年人來說，通姦本來就是只要他們有機會就會做的所謂「不道德行為」（a crime of opportunity）。偷情網站Ashley Madison的口號是 **"LIFE IS SHORT. HAVE AN AFFAIR."**（人生苦短，樂在偷情。），其實每一個社交網站都是潛在的偷情網站。Facebook的使命是把全世界聯繫起來，但從聯繫（connection）到私通（liaison），有時只是一步之遙。

> 簡簡單單的英文寫得好，一樣可以有斬釘截鐵的權威。叫人偷情不啻是引人犯罪；愈吞吞吐吐，就顯得愈偷偷摸摸。"Life is short. Have an affair." 六個字有種真言式的理直氣壯。第一句短得來不辯自明，第二句是祈使句（imperative sentence），既有表示命令的意思，又能傳遞信息的迫切。看到這樣的句子，幾乎立刻要向公司申請「出軌假期」。

「同牀異夢」並非對抗「婚姻沉悶」的唯一方法。真正的勇者為重燃愛火，不惜義無反顧地將自己交付於婚姻顧問和婚姻輔導員，甚至置自己的尊嚴於不顧，更不要説常識了。荷里活電影《愛情回春》（*Hope Springs*）裏面的梅麗·史翠普（Meryl Streep）和湯美·李·鍾斯（Tommy

Lee Jones）就是一對已婚三十年，卻不得不求助於婚姻優化業（marriage improvement industry）的老夫老妻。問題是濕吻、性感內衣和燭光晚餐真的可以抵抗時間的流轉嗎？那種「人生若只如初見」的乍驚乍喜又如何挽回？

要修補被年月、過份親密和刻板重複侵蝕的婚姻，即使抱「知其不可為而為之」的心態，也大有可能徒勞無功。真正能夠享受婚姻，從婚姻的單調與停滯之中找到樂趣和滿足的人，不會當他們的婚姻是歷史遺產那般「活化」。他們釋然自得，因為他們弄懂了婚姻，對婚姻有一種哲學性的領悟和參透。他們認命，但不是無可奈何，而是心存感激。用英文表達，最貼切的形容是 "appreciatively resigned"。這些人知道，他們也許不該結婚；但若然他們的婚姻是個錯誤，這就是他們最喜愛的錯誤 IF THEIR MARRIAGE IS A MISTAKE, IT'S THEIR FAVOURITE MISTAKE.。

> 所謂說話的藝術，不外乎是做到面面俱到，或者將複雜的意思恰如其份地表達出來。這句子以英文獨有的修辭和句子結構，盡現世人對婚姻的愛恨交織和矛盾情感，一字一淚，誠佳句也。

知足和幸福，往往不過是期望管理（expectation management）而已。世人不要那麼高估婚姻，婚姻便不會那麼令人失望。法國散文大家蒙田（Montaigne）認為，我們成家立室是為了履行責任，不是實現抱負（It is a man's duty to marry but it is not his fulfillment.）。他提醒天下的男人，不要妄想與妻子建立真正的友誼，你的妻子永遠不會是你的知己，因為友

誼的真諦是包容，但夫妻關係的本質卻是獨佔（exclusivity）。

婚姻是誘捕（Marriage is a form of entrapment.），此乃這個不敗社會制度的卑鄙真相（dirty secret）。沒有一個結了婚的人享有真正的自由。然而自由雖然可貴，但倘若人一生之中沒有為任何東西放棄過自由，他也算是白活了。Freedom has no value if you have nothing to give it up for. 這就是我對婚姻的哲學性領悟。

不完美的必須品

婚姻也許不是完美的制度，但沒有婚姻的世界卻是無法想像，不可思議，甚至不堪設想……

世界在前進，我們用來談論和描述世界的語言卻往往被過時的價值觀卡住動不了，於是我們失言甚至失語。法國總統奧朗德（Francois Hollande）與女星茱莉・加耶（Julie Gayet）的戀情曝光，全球媒體不假思索地稱加耶為「情婦」（mistress）。問題是從未結婚的奧朗德連妻子也沒有，又何來情婦？在今日越趨開放的社會，兩性關係不再是陽光燦爛的街道，而是若隱若現的小徑。「（性）伴侶」（partner）一類含混、曖昧的詞語本來

最管用，但世人和論者最喜歡在男歡女愛這事情上說是非、定名份和分正邪，所以「情婦」和「小三」此等標籤還是最便於使用（user-friendly）。

「三個人的婚姻有點擠。」THERE WERE THREE OF US IN THE MARRIAGE, SO IT WAS A BIT CROWDED. 這是已故英國王妃戴安娜的名句。婚姻的壞話好說 —— 錢鍾書口中的圍城，張愛玲筆下的長期賣淫，傳統智慧所謂的戀愛墳墓 —— 但到今日，婚姻仍然屹立不倒，而這些壞話早成陳腔濫調。很多人認為，即使是有點擠，甚至危機四伏的婚姻，也總比沒有婚姻好。在與敵同眠與孤枕獨眠之間，多數人還是會選擇前者。婚姻也許不是完美的制度，但一個沒有婚姻的世界卻是無法想像，不可思議，甚至不堪設想。

> 所謂委婉說法（euphemism），其實就是文過飾非，將燙手山芋的話題「冷處理」。英國人最善此道：戴安娜在鏡頭前對着千萬觀眾鳴冤，暗示老公出軌；卻一字不提「通姦」、「婚外情」和「第三者」。這就是品味、教養和貴族皇室的端莊魅力。

以美國社會為例，自上世紀八十年代初開始至今，離婚率一直徘徊於百分之四十五的高水平，但對那些覺得自己適合結婚的人 THE MARRYING KIND，結婚仍然是人生的頭等大事。同性戀者對婚姻的嚮往不下於異性戀者，他們目前花最大力氣爭取的，正是同性伴侶（same-sex couple）舉行合法婚禮與合法結婚的權利。不少學者、政客、經濟問題策士和時事評論員甚至認為，婚姻就是那顆可以打垮貧窮的神奇子彈（magic bullet）。《紐約時報》最近一篇報道指出，美國的貧窮問題惡化，跟社會越來越多

非婚生子女大有關係。在美國，幾乎沒有一個合法結婚、夫婦皆有全職工作的家庭生活在貧窮線以下；而每三個由單親母親獨力支撐的家庭，就有一個生活在貧窮線下。

> 拒婚最充份的理由是告訴對方你並非「結婚那一類人」（the marrying kind）。這樣說，不婚不是一個life choice，連lifestyle choice也不是；而是當事人也無能為力的「本性如此」。

婚姻會否扼殺愛情見仁見智，但作為一種制度，它實在難以取代甚至無法取代，因為奏效的婚姻（marriages that work）能夠滿足人類從最低層次到最高層次的需要。人為甚麼要結婚，從需求層次論（need-hierarchy theory）的角度看，結婚合法化和常態化交媾，自然可以滿足性慾的基本生理需求。兩個人生活在一起互相照顧，相濡以沫，也就解決了彼此的安全需求（safety needs）和愛與歸屬的需求（love and belonging needs）。至於較高層次的尊重需求（esteem needs）和自我實現需求（self-actualization needs），婚姻也可以提供有效的解決方案。

美國小說家苟爾（E. W. Howe）說，女人只會愛上給她們高估的男人（No woman ever falls in love with a man unless she has a better opinion of him than he deserves.）；這只是實情的一半。實情的另一半是，男人只會娶給他們高估的女人 NO MAN EVER MARRIES A WOMAN UNLESS HE HAS A BETTER OPINION OF HER THAN SHE DESERVES.。「我們結婚吧。」（Let's get married.）是男女雙方可以給對方最大的恭維，就是

這個意思。

婚姻令殘缺不全的我們變得完整，這是由來已久的想法，所以我們會稱自己的配偶為另一半（better half）。荷里活電影《貓屎先生》（*As Good As It Gets*）男主角積‧尼高遜（Jack Nicholson）的愛的宣言 ——「你令我想做一個更好的男人。」（You make me want to be a better man.），說明了愛情和婚姻可以怎樣將人「發射上」自我實現的天空。

當然，這裏說的是成功的婚姻，即所謂「好婚姻」（good marriage），但婚姻不一定都是好的。不要忘記，今日每兩段婚姻，就有一段以離婚收場。現代的婚姻是孤注一擲的遊戲，只會導致兩種極端局面出現：全贏或者全輸（all-or-nothing）。婚姻的贏家可以從家庭和夫妻關係中找到滿足，找到方向，找到意義，甚至找到自己。婚姻的輸家卻可能輸掉自尊，輸掉身家，甚至輸掉自己。

原則四

借英文壯膽

> 「張愛玲於『千萬人之中』、『時間的無涯的荒野裏』遇到胡蘭成，是她的命。對胡蘭成來説，張愛玲是他的女人卻只是碰巧而已。」

對中國人來説，講 "I love you." 和 "I miss you." 永遠比「我愛你。」和「我想你。」容易，因為英文的「疏離效果」（distancing effect）可以化肉麻為浪漫。當然，最難以啟齒的話題不是愛而是性。中國人用自己的語言談性説慾總是羞羞怯怯，就像戀人看電影，即使情到濃時甚至慾火焚身；也要等到電影正式開始，戲院的燈關掉才摟作一團。

英文對性直言不諱，跟中文的閃爍其詞大大不同。正如我在《偷情男女與偷情文學》一文指出，通姦的英文 "adultery" 衍生自成人 "adult"，二字的關係就像 "eat"（飲食）與 "eatery"（食肆）那樣密不可分。説得露骨一點，就是 "Adultery is what adults do."（通姦乃成人所做之事或處於的狀態。）。如此看通姦，中國人一定覺得難以想像和不可思議，但這句話無可否認説出了一點真相（an element of truth）。

英文在這方面毫無顧忌，令它成為性的理想語言，中文無法望其項背。我寫瑪麗蓮夢露的引人入「性」、張愛玲筆下范柳原的誘惑者魅力，以及胡蘭成

的通姦者本色；都得到英文的「壯膽效應」（emboldening effect）給力。於是，才有以下有趣的觀察和新創的詞語：

"unclaimed body" 無人認領、無人索取的肉體，指沒有女人問津，無法解決性需要，連召妓的勇氣也欠缺的失敗男人。

"Sex, more than money, makes the world go around." 性，更甚於錢，使世界的輪子轉動。

"Infidelity is in the genes." 男人不忠，女人不貞，是基因使然，拜他們父母所賜的遺傳。

"Sex is not an equal-opportunity game." 性不是參與者享有平等機會的遊戲。

偷情男女與偷情文學

跟人性不相容、相牴觸甚至格格不入的不是偷情；而是將偷情「非法化」的一夫一妻制婚姻……

號稱「全球最大偷情網站」的Ashley Madison資料外洩，導致兩名加拿大用戶自殺。在一般人的心目中，偷情是違背道德的越軌行為；社會學家也將它界定為近乎犯罪的偏常行為（deviance）。其實，跟人性不相容、相牴觸甚至格格不入的不是偷情；而是將偷情「非法化」的一夫一妻制婚姻。像牛、鯨魚和獅子一樣，人是哺乳動物；而哺乳動物中只有百分之三到百分之五是單配性（monogamous，只有一個性伴侶）。

芝加哥大學綜合社會調查（General Social Survey）的數據顯示，在過去二十年來，美國每五個已婚男性就有一個「出軌」，而妻子對丈夫「不忠」的比率則介乎百分之十至十五。實際的情況肯定更為普遍——所謂「出軌」，就是與妻子或丈夫以外的第三者有秘密性關係，很多受訪者自會在這個問題上撒謊。

男人不忠，女人不貞，是基因使然，拜他們父母所賜的遺傳。"Infidelity is in the genes."，進化生物學家（evolutionary biologist）對此早有定論。這一點，從字面上也可以看到端倪。通姦的英文"adultery"衍生自成年人"adult"，兩者的關係密不可分，就像"eat"飲食與餐館"eatery"一樣。難怪文豪蕭伯納（Bernard Shaw）為通姦如此下定義：通姦乃成年人所做之事 ADULTERY IS WHAT ADULTS DO.。耶穌在《聖經》說，若男人看著女人的時候腦海萌生慾念，他就已經犯下姦淫罪。在如此嚴格的

標準下，幾乎沒有人是清白的；所以沒有人有資格向姦夫淫婦擲第一塊石頭。

> 英文字的解釋，當然可以在字典找到，即所謂字典的解釋（textbook definition）。不過，字典的解釋往往只是「顯義」（manifest meaning）。了解字的真正含義，須從多方面入手，例如字的來源和組合方式，adultery就是個好例子。

的確，不管稱之為義憤填膺的「通姦」，還是帶點浪漫色彩的「婚外情」，這種行為若真的是罪，也是大多數人只要有機會就會犯的罪，英文稱之為crime of opportunity。由於幹這事的願望和意志在大多數已婚男女的心內蠢蠢欲動，社會必須將它界定為道德不容的可恥行為。影響所及，作家和編劇早已將通姦故事當作犯罪小說來寫，萬變不離三個"C"——"Crime"（犯罪）、"Confession"（招認）和"Consequences"（後果）。

由此觀之，男人通姦，其實不過是忠於自我，顯露他們的本性，所謂**TRUE TO THEIR NATURE**。在這方面，近代中國文壇最有代表性的是張愛玲的男人胡蘭成。胡蘭成在台灣被奉為一代宗師，真正的原因也許是他將玩弄女性包裝成假文學和偽哲學，同時滿足男人想征服女人的慾望與女人想被男人征服的幻想。說女人想被男人征服，非常政治不正確，但一百年前佛洛依德討論「性之臣服」（sexual enthrallment）的概念，已經提出類似的看法。

值得細味的四個英文字。人們普遍認為，忠於自己（true to oneself）是好事，但忠於自己的本性（true to one's nature）又如何？男人天生好色，他們要忠於本性就要出賣伴侶。所以，關鍵是人是否可以忠於自己而不忠於自己的本性。

有人說胡蘭成博學，其實他談哲學只是玩弄幾個大名詞，把一些理學的概念改頭換面而已。最令人嘖嘖稱奇的，是竟然有人把他的《今生今世》捧上天，說它是了解張愛玲的必讀作品，甚至是一本生活哲學的經典。最初看《今生今世》是基於好奇，想窺伺張愛玲的感情世界。可是，看了一遍之後，才知道這本書講的原來是男人如何狎弄女性。胡蘭成很聰明，也很卑鄙，知道讀者要看的是張愛玲的情史，所以他把自己「征服」張愛玲的經過寫得繪影繪聲、具體而微。胡蘭成以唐璜自居，即使在文字上也無法對張愛玲專一。在《今生今世》，他除了寫他與張的故事，還寫了他如何勾引另外七個女人。

胡蘭成是一個「連續作案的情人」SERIAL LOVER。女性的胴體才是他真正的家鄉。他一九五零年從香港偷渡到日本，很快就勾引到一個叫一枝的有夫之婦，並搬進她的家裏同住。其後不久，他與戰時同為汪精衛效力的黑社會頭子吳四寶的寡婦重續舊緣，才離開一枝。如此這般的從一個女人的牀上，跳到另一個女人的牀上，既是胡蘭成的生存本領，也是他的生存方式。

> 較之中文，英文予用者更大的空間創造新詞。新詞不會橫空出世，總會跟舊詞有點承傳甚至遺傳關係。Serial lover 一詞來自serial killer（連環殺手），貶義明顯；譯成「連續作案的情人」，應該準確。

張愛玲和胡蘭成

張愛玲於「千萬人之中」、「時間的無涯的荒野裏」遇到胡蘭成，是她的命。對胡蘭成來說，張愛玲是他的女人卻只是碰巧而已。胡蘭成第一次與張愛玲大被同眠，醒來之後，胡望一望睡在旁邊的張，不知會否在心裏輕輕問一聲：「噢，你也在這裏嗎？」

當然，通姦不是男人的專利。史上最著名、最經典的通姦文學作品，從霍桑的《紅字》（*The Scarlet Letter*）到福樓拜的《包法利夫人》（*Madame Bovary*），從托爾斯泰的《安娜‧卡列蓮娜》（*Anna Karenina*）到羅倫斯的《查泰萊夫人的情人》（*Lady Chatterley's Lover*），講的都是紅杏出牆的心理狀態和社會後果。

性感・禁忌・文明

瑪麗蓮・夢露等性感女神引發男人的性幻想，也引發了性的禁忌與文明的思考……

今年是荷里活巨星瑪麗蓮・夢露離世的五十週年。人是慾望的動物，心理分析學家拉康（Jacques Lacan）說慾望來自匱乏。在哲學家康德（Immanuel Kant）眼中，慾望是隱藏在大自然和人類心靈深處的一股原始力量。這也許就是瑪麗蓮・夢露死而不朽，到今時今日仍然顛倒眾生的最大原因。

夢露絕非dumb blond。她最心愛的兩本書，是喬哀斯（James Joyce）的《尤利西斯》（*Ulysses*）和卡繆（Albert Camus）的《墮落》（*The Fall*）。然而觀眾喜歡看夢露——今日看夢露依然令人熱血沸騰——與她的智商無關，也不是為了看她的演技。事實上，夢露是個糟透的演員。無論演甚麼角色，她唸起對白來都上氣不接下氣，每次笑起來都扭捏作態；所以永遠只能夠演一個角色——她自己。

可是，在電影史上再沒有另一個女演員能夠比夢露更 **FASCINATING**。夢露引人入勝，因為她真的引人入「性」。很多人說夢露性感，其實夢露何止性感，簡直是性交的化身。她全身散發一種性的氣味，永遠給人一種準備做愛或剛剛做完愛的感覺。夢露之後，只有在上世紀七十年代紅透半邊天的花拉・科茜（Farrah Fawcett），可以令人直接聯想到性交。她一頭凌亂的秀髮給人強烈的「做愛後，從牀上躍起」的感覺，但花拉・科茜畢竟只是夢露的影子而已。

不知是因為它的讀音、串法抑或甚麼神秘的原因，fascinating一字真的很fascinating，完全不是意思相近的interesting、attractive和appealing可以相比。美國評論家Susan Sontag寫過一文，題為 "Fascinating Facism"。有朝一日，我會寫一篇 "Fascinating Fascinating"，向這個字致敬。

這就是夢露令人慾火焚身的明星質素。她每一次出現，都在提醒你她是可以被佔有的，都彷彿在鼓勵你去佔有她。於是，看夢露的演出，變成一種近乎色情的經驗。在沒有互聯網的年代，看夢露的電影和照片，成為道貌岸然、規行矩步的中產階級與出軌的性的最親密接觸。

夢露是絕版的性感女神，她不但令你想到做愛，更令你覺得做愛是人世間最自然而然、天經地義的事情。在夢露之前，性與天真勢不兩立；但夢露一出，天真不再與性本能及性本能的滿足無關，而變成了毋須考慮社會及感情後果的性本能滿足。將天真與墮落如此水乳交融地結合起來，電影史上只有夢露一人可以做到。

夢露說過，人天生是性的動物 SEXUAL CREATURES，這是上天對人類的恩賜，也是偉大藝術的源頭。她毫不吝嗇地讓男人享用她的身體，也毫不羞怯地享用男人的身體。她不只跟可以幫她向上爬的男人睡，也跟送她回家的的士司機睡、幫她裝修的油漆工人睡。她是荷里活派對的常客，因為在那裏她會結識到很多陌生人；而跟陌生人做愛，對她是無以尚之的享受。

> Creature這個字大有玄機。它既可以解生物和動物（例如對所有生物的尊重—— respect for all creatures），又可以解人（例如叫一個嚴守習慣的人做a creature of habit）。它提醒我們，人有動物的需要和本能（animal needs and instincts）。

夢露是全世界最上鏡的女人，攝影機愛她，但她更愛攝影機，這跟她瘋狂地喜歡做愛大有關係。她說：「讓人拍自己，就像給一千個男人幹，最妙的是他們不會弄大你的肚子，而只會讓你成名。」

這也是夢露的顛覆性。精神分析鼻祖佛洛依德在其移風易俗的巨著《文明及對它的種種不滿》（*Civilization and Its Discontents*）中指出，現代文明建基於對人類的本能——特別是性本能——的有效壓制；但進步是要付出代價的，社會上一切妨礙性生活、限制性活動和扭曲性目標的制度和制約，都是心理症的病態宿因。他指出，過度的性壓制是現代社會最普遍的一種性變態（sexual perversion）。於是，性變成了現代人既想要、又害怕的東西。

電影、電視和流行音樂既是大眾娛樂，對現代人的性苦悶、性壓抑和性幻想自然不會視而不見。從有女藝人這個職業開始，誘惑男人、令男人聯想到性，就已經寫入了她們的 JOB DESCRIPTION。最成功的女藝人，從三十年代的性感尤物珍·哈露（Jean Harlow）到夢露到麥當娜到莎朗·史東到Lady Gaga；從阮玲玉到梅艷芳到蔡依林，皆從不掩飾她們的性感以及對男性的吸引力。我們甚至可以說，她們在銀幕和舞台上的一舉手、一投

借英文壯膽

原則四

足;每一次嘴唇的微微張開、每一下輕輕的撥弄秀髮,都是在燃燒、引發男人的性幻想。

> 一般譯作工作職責說明或崗位責任說明。這詞用作反語（irony）,可以是嚴厲的社會批評。例如,妻子的job description當然包括跟丈夫做愛。

荷里活到今時今日都要淨化瑪麗蓮·夢露,因為夢露的sexuality向公眾展示了性慾（eros）的原始力量。社會有自我保護和自我延續（self-perpetuating）的功能,它害怕一種危險,就自然會設立一種相對的禁忌。社會害怕性,需要設立性的禁忌,因為性有如脫韁野馬,顛覆男女、主僕、壓迫者與被壓迫者的權力關係。

誘惑者的魅力故事

誘惑者的魅力總是難以抗拒,《傾城之戀》就有近代中國文學史上對此最傳神的描述……

莎士比亞在《如你所願》（*As You Like It*）的名句:「世界是個大舞

台⋯⋯男人一生要扮演多個角色」ALL THE WORLD'S A STAGE... AND ONE MAN IN HIS TIME PLAYS MANY PARTS.。在男人一生要扮演的多個角色之中,「誘惑者」(the seducer)這個角色至為關鍵。這個角色演得不成功,男人即使在其他方面有成就,也難免覺得自己是失敗者,或至少是所謂「未夠成功人士」(underachiever)。

> 這句話世人熟悉的是前半部,其實後半部更精彩。一生要扮演多個角色固然不易,更難的是要同時扮演多個角色。這才是真正的男人之苦。

人一生下來就需要被愛,這是造物者對人類的祝福,也是對他們的詛咒。一個男人,不管他多自大或者多自卑,多麼反社會甚至討厭人類,他還是需要女人。哲學家沙特說,他人即地獄(Hell is other people.)。問題是即使他人是地獄,我們仍然需要他們。

性不是一個人人機會平等的遊戲(an equal-opportunity game)。有些人很有性的吸引力,在性愛的自由市場上縱橫馳騁、如取如攜。這類人往往會被社會標籤為「性捕食者」(sexual predator)。可是,對於某些男人來說,試圖解決性需要是嚴峻的考驗,甚或痛苦的折磨。他們之中較勇敢的,會不斷遭人拒絕;怕失敗的,就只能與其「無人認領、無人索取的肉體」UNCLAIMED BODY 顧影自憐。他們可以去召妓,但要他們跟陌生人做愛,在陌生人面前赤身露體,是極其尷尬、難堪和痛苦的事情。於是,因性需要無法滿足而衍生的孤獨感和挫折感,就像絲綢一般包裹着他們。

> 盲婚啞嫁也可以締造良緣，在英語世界時有發生。Unclaimed
> 解無人認領，例如無人認領的行李是unclaimed baggage。用無
> 人認領形容肉體，指被愛遺棄的人，是殘忍一點，但不失真
> 實。

沒有女人垂青的男人是最極致、最徹底的失敗者，社會、傳媒和通俗文化對他們不聞不問。香港歌手鄭中基的《無賴》（李峻一填詞）自認「飲醉酒」、「常犯錯」、「愛說謊」；「理想丟低很遠」、「對返工厭倦」和「自小不會打算」。然而這個無賴亦同時「欠過很多女人」，亦即是說他曾經「有過很多女人」。這樣一個「戰績輝煌」的男人，又得到一個「永遠不見怪」、「不知是蠢還是很偉大」的女人的無條件的愛，又怎稱得上「活大半生還是很失敗」？

我是否誇張了性的重要？精神分析學鼻祖佛洛依德深信，性慾和性衝動（sex drive）是人類最重要的驅動力。的確，你只要睜開眼睛，就會發現性 —— 更甚於錢 —— 使世界的輪子轉動 SEX, MORE THAN MONEY, MAKES THE WORLD GO AROUND.。人類的制度、生活和文化，從婚姻、社交到時裝和廣告；電影電視到流行音樂；政治鬥爭到報紙雜誌的內容，無一不與性息息相關。

> "Money makes the world go around." 是在牛津字典也找得
> 到的傳統智慧，等於香港人說「錢非萬能，但沒有錢萬萬不
> 能」。不過，更不辯自明的真理，其實是「性非萬能，但性
> 無能萬萬不能」。

倘若歷史真的如邱吉爾所言是由勝利者所寫，文化藝術就應該補歷史之不足，對失敗者倍加關心。可是，誘惑者的魅力難以抗拒，中外古今很多偉大的文學和藝術作品，講的都是他們的故事。

唐璜（Don Juan）是虛構人物，但對他歌功頌德、使他名傳後世的大詩人拜倫（Lord Byron）本身卻是如假包換的「大誘惑者」，據說一生之中被他「成功勾引」的女人以百計。史上第一個電影明星是華倫天奴（Rudolf Valentino），這個三十一歲就英年早逝的意大利演員不怎樣懂得演戲，卻以「拉丁情人」的姿態俘虜遍佈世界的女影迷。他猝死的消息傳出，羣眾上街暴動，影迷自殘自殺；學者開始將「集體歇斯底里」（mass hysteria）當成一個社會和文化現象來研究。

近代中國文學史上對誘惑者最傳神的描述，來自張愛玲的短篇小說《傾城之戀》。這篇小說證明了祖師奶奶深懂誘惑之道（the art of seduction），雖然最後她還是敗在世界級的誘惑者胡蘭成手上。《傾城之戀》的范柳原有「魔鬼般的迷惑力」（devilish charm）：他跟白流蘇說的每一句話，都帶着性的機鋒和暗示，例如他說白流蘇是「醫他的藥」（但他想着的，其實是他要進入白流蘇的身體）；又叫她在沒有人的時候，解開衣領上的鈕子，看看自己頸子有沒有起皺紋。

可是要做第一流的誘惑者，令女人無法招架，單靠巧言令色和玉樹臨風是不足夠的，還要在適當時候表現出一種「令人心痛的真誠和坦率」（heart-breaking sincerity）。《傾城之戀》裏，玩世不恭的范柳原說過很

借英文壯膽

原則四

多口不對心的話，但當他對白流蘇說：「我自己也不懂得我自己，可是我要你懂得我！我要你懂得我！」即使最鐵石心腸的讀者，也會有一絲感動吧。被了解，跟被愛一樣，是人類最基本的心理需要。男人對女人說這樣的話，其實就是示愛，卻無需附隨示愛而來的責任，真高手也！

原則五

以英補中

幸福是在忠於自己與取悅別人、享受自由與尋找意義、獨處與人羣間取得平衡……

由於文化和社會價值不同，中文有時誤解了英文。比方説，"hedonism"相信快樂乃莫大的美德，這詞在西方並無貶義。在中文詞彙中，享樂主義卻被賦予頹廢和墮落的意味。其實"hedonism"應該譯作快樂主義或幸福主義，以追求幸福快樂為人生最大目標，誰曰不宜？我要挖掘幸福的真諦這個主題，自然要以英補中，用英文的思想甘露滋潤中文在這個題目上的乾涸。順手拈來的就有荷里活經典《美好人生》（*It's a Wonderful Life*）、暢銷書《幸福大計》（*The Happiness Project*）、搖滾歌手Janis Joplin 對自由的定義，以及作家Eric Hoffer對我們為甚麼不快樂的解釋。

以英語為母語的人開口"my pleasure"閉口"my pleasure"，從不以自己的「尋樂者」（pleasure seeker）身份為恥。同樣是男子氣概的象徵和男人崇拜的對象，英語世界的占士邦懂得享受美酒和性愛（give and take pleasure），我們銀幕上的李小龍卻只會忍受痛楚和令人痛楚（give and take pain）。所以，講"pleasure"要講得透徹，又怎能不以英補中？很明顯，在「尋樂」這回事上，English speakers 是專業人士，中國人只是業餘票友。在《易趣與

難趣之別》，我引用的是英國社會學家穆勒（John Stuart Mill）的理論。他認為人享受樂趣的能力（capacity for pleasure）有異，而樂趣本身也有高等（higher pleasure）與劇烈（intense pleasure）之分。

望子成龍的心態無分中西，但養子成龍的方法中西大有不同。英文有 "counter-intuitive" 一詞，意思是反直覺、與正常的預期相反。《放手是成長的開始》倡議的counter-intuitive養兒育女之道，靈感來自英國桂冠詩人塞希爾·戴·路易斯（Cecil Day Lewis）最膾炙人口的作品《走開》（Walking Away）。不把這首詩的最後一句原文照錄，不足以令香港為人父母者如夢初醒：

I have had worse partings, but none that so
Gnaws at my mind still.
Saying what God alone could perfectly show
How selfhood begins with a walking away.
And love is proved in the letting go.

幸福的真諦與追求

幸福是在忠於自己與取悅別人、享受自由與尋找意義、獨處與人羣間取得平衡。

在這個以為甚麼都可以量度、可以數字化的年代,出現「國民幸福總值」（Gross National Happiness）一類的指標,一點也不叫人感到意外;就連聯合國也要湊熱鬧發佈甚麼全球幸福指數報告,煞有介事地拿一百五十六個國家和地區人民的幸福程度來比較一番。

其實幸福畢竟是個人的事情,每個人都應該有自己的「幸福大計」。活着,就是為了要找到幸福。對美國人來說,追求幸福,就像呼吸喝水和睡覺一樣自然,所以是受憲法保障的權利。

在中國傳統下成長的人卻往往對快樂有一定程度的罪惡感,似乎一個成大功、立大業的人必須與苦難為伍。這套思想千百年來深入人心,「苦難」已不再是中性詞語,而是帶着一種道德上的崇高。在西方,hedonism一詞本來並無貶義,它相信的是快樂乃善莫大焉的美德。在中文詞彙中,享樂主義卻被賦予頹廢或不道德的意味。

生活應該是一場精彩的冒險,一個大膽的實驗;我的理想生活,是戰後美國「垮掉的一代」作家凱魯亞克（Jack Kerouac）代表作《在路上》（*On the Road*）描寫的發現和探險之旅。只有真正自由的人才可以張開雙手,將生命無限的可能性一抱入懷。至於甚麼才是真正的自由,當然是一言難盡的。

但總覺得，天才橫溢但毒癮甚深、死時只有二十七歲的歌手Janis Joplin那句 "FREEDOM IS JUST ANOTHER WORD FOR NOTHING LEFT TO LOSE."（自由是一無所有的同義詞。），多少説出了自由的真諦。

> "just another word for" 是委婉詞的相反，用得恰當，可以揭穿真相，收當頭棒喝之效。例如，"For men, marriage is just another word for paying for sex on a regular basis. For women, marriage is just another word for having sex for money on a regular basis."（對男人來説，婚姻是習以為常地用錢買性。對女人來説，婚姻是習以為常地因錢做愛。）

可是年紀漸長，又覺得真正的幸福，可能是聖誕節例必重播的荷里活經典 "It's a Wonderful Life"（《美好人生》，又譯《風雲人物》）主角占士·史釗活（James Stewart）所過的那一種生活。史釗活飾演的大好人佐治為家人、朋友和社區付出所有，包括放棄要周遊列國的夢想，最後只能夠在他生於斯、長於斯的小鎮，做一個默默無聞的小商人。聖誕夜，債主臨門，萬念俱灰的他準備自殺。他的守護天使突然出現，並讓他看到如果他沒有來到這個世界，多少人的生活會變得多麼痛苦和不幸。佐治於是明白自己生命的價值何在，並重拾生活的勇氣。

九把刀那句引起廣泛共鳴的「我想讓這個世界因為有了我，而有一點點的不一樣」，其實就是《美好人生》的主題。自由誠可貴，但友誼、親情、愛情、與社會的聯繫，以至對社會的貢獻，又何嘗不是幸福的基石？人不單不是孤島，更是羣居動物（social animal）。是故，在日常生活，最能夠給人幸福感覺的活動全是社會性的，與其他人有關，例如戀愛、去教會、與朋友聚首等等。也許幸福根本就是個高難度的balancing act，關鍵是在

忠於自己與取悅別人、享受自由與尋找意義、獨處 SOLITUDE 與人羣 MULTITUDE 之間取得平衡。

> 這兩字的辯證關係是詩人與哲學家鍥而不捨探討的課題。例如,在德國思想家叔本華眼中,好交際和合羣的人覺得難耐和無法忍受的,不只是獨處的時間;還有他們自己 (The so-called sociable cannot endure solitude and thus themselves.) 。

近年在美國其中一本最暢銷的自助書 (self-help books) ,是金髮碧眼、頗有明星相的美女作家簡‧羅賓 (Gretchen Rubin) 的《幸福大計》 (*The Happiness Project*) 。它傳遞的是一個人人都願意聽到、願意相信的信息——我們每一個人都有責任令自己快樂起來,而幸福幾乎唾手可得。你只要一小步、一小步向前行,不多久就會抵達幸福或至少是「比現時更快樂」的「應許之地」 (the promised land of happiness or being happier) 。

作者強調,你無需改變你的環境和生活方式,只要改變自己的態度和觀點,就會馬上變得快樂起來。如此鼓舞人心的溫馨提示,再加上閃爍着似是而非生命智慧的連串金句 (例如「日子用腳走,歲月插翼飛」) ,難怪這本書在二零一零年一出版,就成為《紐約時報》暢銷書榜排第一位的暢銷書,至今被翻譯成三十一種語言。

美國作家賀佛 (Eric Hoffer) 說,我們不快樂,因為我們太刻意要令自己快樂 OUR SEARCH FOR HAPPINESS IS ONE OF THE CHIEF SOURCES OF OUR UNHAPPINESS. 。有人說,幸福不是可以找到的東

西，只可以碰到。然而，既然我們決定不了自己的「生」，我們更要取回怎樣「活」的自主權。

> 美國的《獨立宣言》將人民追求幸福的權利（the right to the pursuit of happiness），與生存及自由並列。從此角度看，這句話大逆不道。它只是暗渡陳倉，將pursuit of happiness 改為search for happiness 而已。

如果幸福是一生在追求、卻一生追求不到的東西；我們就必須學會享受這個追求的過程。所謂生活的藝術，不過如此。

易趣與難趣之別

唾手可得的「易趣」充斥社會，為香港人提供即時滿足，但也扼殺了他們享受樂趣的能力⋯⋯

朋友在網上成功訂購最新的iPhone，急不及待發短訊向全世界報喜，其志得意滿的樣子，就像一個喜獲麟兒的父親。現代人從消費之中獲取快感與滿足，我們置身的社會，充斥着這類唾手可得的「易趣」（easy pleasure）。

何謂易趣？只要你口袋裏有幾千元或一張信用卡，頂多加一點耐性，遲早必能擁有最新型號的iPhone或Samsung Galaxy流動電話。超級市場和百貨公司的貨品應有盡有，你不用花吹灰之力，就可以把你願意花錢購買的東西據為己有。還有為你提供視聽之娛的大眾娛樂工業、滿足你口腹之慾的大小食肆，以及讓你隨時隨地與世界「親密接觸」的互聯網和社交網站，皆確保各式各樣「易趣」的供應源源不絕。

問題是「易趣」得來太易，它們在為城市人提供「即時滿足」（instant gratification）的同時，也扼殺了他們內心深處最熾烈的慾望與享受樂趣的能力，即英國社會學家穆勒（John Stuart Mill）口中的 "CAPACITY FOR PLEASURE"。

> Capacity一詞之用途廣泛，遠非同義的ability能及。只要在它之後加for，馬上變成能力的多用途軍刀（Swiss army knife）。例如capacity for hard work（刻苦耐勞的能力）、capacity for pleasure（享受生活樂趣的能力）和capacity for boredom（忍受沉悶的能力）。

當整個社會泛濫消費信息，當人的物慾和佔有慾不斷被刺激，他的慾望必然會被攤薄和稀釋。結果，我們不再懂得「衣帶漸寬終不悔，為伊消得人憔悴」，只學會「人到情多情轉薄」。我們不會死去活來地渴求得到一樣東西，只會漫不經心地希望得到一百樣東西。

不會牽腸掛肚地渴望得到任何東西的現代人，永遠無法領略千辛萬苦之後，慾望得到真正滿足一刻所感受到的「難趣」（difficult pleasure）。史

上其中一個最偉大的登山運動員馬洛里（George Mallory）窮一生精力要征服天下第一峰珠穆朗瑪峰，最後死在登峰的途中，年僅三十八歲。有記者問他為何要費那麼大的力氣、冒那麼大的危險去登峰，他答道：「因為它就在那裏。」BECAUSE IT'S THERE.。

> 誰說句子不宜以Because開始。很多意味深長、充滿智慧的答案都begin with because。例如Because it's there.、Because I can.和Because it happens.美國詩人Emily Dickinson最廣為人知的作品就是*Because I Could Not Stop for Death*。

這就是「難趣」的真諦——難趣之趣在於難。為得到最深刻的愉悅和滿足，有時不得不放棄很多微小、短暫和膚淺的樂趣。對很多人來說，跑馬拉松是自討苦吃，但挑戰自己體能極限的那份滿足感，又豈是老泡在電視機前的couch potato所能想像？香港人最需要的，可能就是一種由強烈慾望驅動的激進享樂主義，以取代一味鼓勵人花錢的消費主義。

你也許會說，樂趣就是樂趣，快感就是快感，何苦要將它們論資排輩，分階層和等級？這與我們享受樂趣、體驗快感又有甚麼關係？穆勒認為，人類感受得到的樂趣和快感，有一時的愉悅，亦有長遠的快樂；有感官的刺激，亦有心靈的慰藉。令人驚訝的，是人為了追求幸福和意義，有時不惜捨易取難，甚至以身犯險。他會放棄衣食無憂的生活，而獻身於朝不保夕的革命事業；也不會為一刻的銷魂而背叛堅貞的愛情。換言之，他願意為屬於更高層次的所謂「高等快樂」HIGHER PLEASURE 而放棄「劇烈的快樂」（intense pleasure）。穆勒要全人類思考的問題是：你甘於做一隻

為intense pleasure而亡的老鼠，還是一個為higher pleasure而活的人？

Higher可指某些重要但難以言明的東西，例如my mind was on higher things（當時我想着更重要的事。）；或者 I believe in a higher authority.（我相信有更高的權力冥冥中主宰世界。）。

我相信香港人當中，為飲食購物此等easy pleasure而活的不在少數。不要奢談甚麼高等快樂，就連劇烈的快樂，對這些（自以為是）精明消費者來説也頗陌生。他們的幸福觀，或者比較接近另一個英國大儒 —— 哲學家和社會改革家邊沁（Jeremy Bentham）—— 提出的「最大幸福原則」（the greatest happiness principle）。

邊沁認為，最合乎道德的行為，就是令人覺得最快樂、欣慰和滿足的行為。所以不用大費唇舌，談甚麼生活的藝術和哲學。所謂美好生活，就是賺最多的金錢，使我們在飲食男女各方面得到最大的滿足。這套享樂至上的功利主義幸福觀無視人類更高層次的需要，被後世批評為「豬玀倫理學」（ethics of swine）。

環顧今日的香港，殺氣騰騰、理直氣壯的功利主義壓倒一切。甚麼東西的價格我們都知道得一清二楚，只是全無價值的概念而已。所以我們會毫不猶豫為一層豪宅而放棄一個家，會千方百計逼子女學琴卻從未想過培養他們對音樂的興趣。困難的樂趣太難，高等的快樂太高，好逸惡勞的香港人，當然敬而遠之。

放手是成長的開始

非洲例子發現，父母的放任不管往往能培養出具備領袖才能的孩子，
舊智慧值得現代家長借鏡……

大有可能憑《林肯》（*Lincoln*）一片破天荒摘下第三枚奧斯卡最佳男主
角獎的英國演員丹尼爾‧戴‧路易斯（Daniel Day-Lewis）在自己選擇的行
業揚名立萬，相信是很多望子成龍的父母心目中的成功典範。他們也許會
問，路易斯的父親究竟做對了甚麼，栽培出一個能成如此大器的兒子？

答案是「在適當的時候放手」。路易斯的父親是英國桂冠詩人塞希爾‧戴‧
路易斯（Cecil Day-Lewis），他最膾炙人口的作品《走開》（*Walking
Away*）中，最後一段寫父母忍痛讓子女離開，蘊含養兒育女的大智慧，值
得中國大陸的「一孩父母」和香港的所謂「怪獸家長」細讀：

更痛苦的分離，也不如它那樣
仍舊啃進我的心裏。也許這表明了
只有上帝才可以讓我們看得清清楚楚
走開是成長的開始
而放手就是愛的證明

"I HAVE HAD WORSE PARTINGS, BUT NONE THAT SO
GNAWS AT MY MIND STILL. PERHAPS IT IS ROUGHLY
SAYING WHAT GOD ALONE COULD PERFECTLY SHOW
HOW SELFHOOD BEGINS WITH A WALKING AWAY,

AND LOVE IS PROVED IN THE LETTING GO. ”

> 這首詩的邏輯和說服力，不下於一篇雄辯滔滔的論文。全文雖無一字提及為人父母
> 者，但最後兩句簡直是helicopter parents 的暮鼓晨鐘。Walking away和letting go當動名詞
> （gerund）用，沒有言明這兩個「關鍵動作」是誰人所為，卻呼之欲出，盡得詩的含蓄之
> 美。

放手不是不管，只是要子女成才，就要放手讓他們犯錯、犯規，甚至犯險；因為犯錯、犯規和犯險是塑造個性和建立自我（character building）的最有效方法。痛苦比快樂教曉我們更多 PAIN TEACHES US MORE THAN PLEASURE. 這個事實，每個成年人其實都心裏有數。以《槍砲、細菌與鋼鐵》（Guns, Germs and Steel）與《大崩壞》（Collapse）而廣為世界認識的戴蒙德（Jared Diamond）在新作《昨天前的世界》（The World Until Yesterday）中，也提出類似的觀察。

> 我思量寫一篇向痛苦致敬的《痛苦頌》（In Praise of Pain）已久。在眾人心
> 目中，pain是pleasure的醜妹妹，或邪惡的孿生兄弟。Pleasure 是欲仙欲死的做
> 愛，Pain是痛苦不堪的生育。其實沒有pain 何來pleasure，痛快不就是這個意
> 思嗎？

戴蒙德挾數十年的田野調查經驗與一絲不苟的資料搜集，向讀者提出一個問題：「我們能夠從傳統社會中學到甚麼？」進步，難道不是一個有如時間般不斷向前展開的線性過程？《昨天前的世界》卻告訴我們，原始社會用來解決人類普遍性問題的方法，諸如扶養小孩、照顧老人和解決爭議，頗值得自豪於文明進展的現代人借鏡。

戴蒙德進行田野調查的時候發現，非洲的傳統遊獵採集社會（hunter-gatherer societies）沒有 "children-safe"（保護孩子免於危險）這個概念，為數不少的領袖身上都有被火灼傷的疤痕。原來他們在幼兒期幾乎可以為所欲為，玩火、玩利器，玩甚麼都可以；父母極少干預和懲罰。這些孩子在成長過程中與危險為伍，常常弄得遍體鱗傷。可是，他們同時學會為自己的行為負責，長大後變得成熟、穩重，既剛毅果敢又深思熟慮，這些特質令他們成為眾人尊敬的領袖。哲學家尼采的名言「再痛苦難堪的經歷，只要沒有令你垮下來，就會令你更厲害。」WHAT DOESN'T KILL YOU MAKES YOU STRONGER.，似乎在他們的身上得到證實。

這才是真正的英雄本色。對強人來說，所有打擊都是灌溉。對弱者來說，所有灌溉都是打擊。

這徹底顛覆了父母應該把孩子「隔離到安全地方」（put children out of harm's way）的傳統智慧。為人父母（parenting）是一門高深的學問，懂此道者不僅可以作育英才，並且能夠造福人羣，為整個社會、國家、民族，甚至全人類作出貢獻。可是，很奇怪，香港的正規教育（institutional education）對此關乎人類福祉前途的重大課題似乎無甚興趣。大學既無「為人父母學」一科，社會就自然缺乏「為人父母」的專家與權威的供應。於是養兒育女之道一直眾說紛紜，莫衷一是。禮失求諸野，「教人怎樣做父母」遂成暢銷書的一大品種。稱他們做「怪獸」也好，叫他們的孩子做「港孩」也好，可憐的家長一概不以為忤。只要學得家長之道的一招半式，他們於願足矣。

為人父母之難，在於一副血肉之軀突然被賦予「近乎造物者的權力」（godlike power），對另一個活生生的人的喜怒哀樂，以至前途和幸福，操生殺之大權。卑微的人類要扮演上帝，就像低下的蒼蠅要做人一樣，難免自慚形穢，每天都在誠惶誠恐之中度過，怕的是自己今日一時的行差踏錯，會成為孩子將來的抱憾終生。倘若養兒育女有一種萬試萬靈、萬無一失的萬全之策（one best-way approach），則天下的父母從此可安枕無憂矣。

含英吐中，
寫出更好的中文

"Love dies easily but desire is a survivor."
—「愛，稍縱即逝；慾，至死方休。」

Be a lamp unto yourself.

在同一篇文章之中，遊走於外語和母語，對你所寫的中文和英文會產生甚麼影響和後果？你所用的英文會否給你所寫的中文增添能量和活力？含着英文吐出來的中文是否更婀娜多姿或雄渾有力？

將托爾斯泰、杜斯妥也夫斯基和契訶夫的經典著作翻譯成英文而在西方文壇聲名大噪（或聲名狼藉，評論界對其譯筆褒貶不一）的夫妻檔Richard Pevear 和 Larissa Volokhonsky 2015年接受《巴黎評論》（*Paris Review*）訪問談文學翻譯的苦與樂。本身是美國人的Pevear表示，他愛上翻譯，因為翻譯不僅讓他在兩種語言之間自由往返，更容許他做很多他只用英文寫作時不會做的事情。他説，翻譯豐富（enrich）和激活（energize）了他的母語英文。他形容這種化學作用是「語言上的異花傳粉」（cross-pollination of languages）。

這也是我的經驗之談——英文豐富和激活了我的母語中文。《閱讀像戀愛一樣》、《失落的閱讀藝術》和《寫的意志與讀的慾望》三篇文章探討同一主題：閱讀的意義何在？在今日手機當道、社交媒體主宰生活的世界，堅持閱

讀是否注定是個「美麗、蒼涼的手勢」？這幾篇文章所用的英文，是讓我的中文往上爬的階梯。例如，從 "Love dies easily but desire is a survivor." 到「愛，稍縱即逝；慾，至死方休。」；從 "The best writers turn readers into writers." 到「最好的作者將讀者變成作者。」；從 "Reading is conversation with the dead." 到「讀書是與已作古的人攀談甚至交心。」；從 "Be a lamp unto yourself." 到「做一盞照亮自己的明燈。」。再舉一例，如果沒有英文 "the tyranny of the social" 的概念，我怎會寫出「一個由合羣這暴君統治的世界」如此有趣的句子？

這些全不是翻譯，而是將英文當竿子用，借它的支撐與彈力，讓筆下的中文句子越過更高的水平。可以稱為語文上的撐竿跳（linguistic pole vault）。

閱讀像戀愛一樣

閱讀應該像談戀愛一樣，是兩個腦袋的相遇；從平凡中讀到意想不到，就是最大樂趣……

每隔一會兒，總會有家長和老師問我：「怎樣才可以培養孩子認真閱讀的習慣？」我懷疑，對這些憂心忡忡的成年人來說，認真閱讀是一個「讀甚麼」（what to read）而非「怎樣讀」（how to read）的問題。所謂認真閱讀，就是去啃《紅樓夢》和《雙城記》（*A Tale of Two Cities*）一類文學小說；或者《時代》（*Time*）和《經濟學人》（*Economist*）一類時事雜誌。

對此，我的「常備答案」（stock answer）總是「只要他們養成閱讀的習慣，我懶得理他們讀甚麼。」I DON'T CARE WHAT THEY ARE READING AS LONG AS THEY ARE READING.。這不是說讀物沒有好壞之分（All reading is equal.）。剛剛相反，在這個「人人皆可成作家」的讀物泛濫年代，閱讀應該是一個需憑判斷力作出的決定（a judgment call）。

> I don't care.可以是晦氣話，例如女孩子對行蹤飄忽的男朋友說I don't care if I never hear from you again.（即使你再沒有找我，我也不在乎。）。如果不是晦氣話，使用I don't care.往往有附帶條件，as long as（只要）就是附帶條件。

問題是認真的閱讀是「慢活」，沒有捷徑可走，也沒有速成班可上。認真閱讀就像抽象藝術和古典音樂，是一種養成的愛好（an acquired taste），

要時間浸淫才會懂得欣賞甚至樂在其中。除了極少數例外——張愛玲自言三歲能背誦唐詩——孩子對認真的閱讀總是敬而遠之。硬要他們讀得認真，只會令他們讀得辛苦。家長和老師應該做的，不是異想天開地要孩子培養認真閱讀的習慣，而是發展他們能夠從閱讀中得到樂趣的能力。

學者稱這種能力為「享受高層次樂趣的能力」（capacity for higher pleasure），而只要具備這種能力，就遲早會「向上讀」（read upward）：從郭敬明到張愛玲；金庸到錢鍾書；《南華早報》到《國際紐約時報》。我們要培養的，不是任勞任怨、默默承受一切沉悶的嚴肅讀者（serious reader），而是求知慾強、眼睛閃爍着好奇心的快樂讀者（happy reader）。

閱讀的生氣和樂趣有時來自於它的「流動性」（mobility）：你可以高攀經典「向上讀」，也可以隨波逐流「向下讀」。那忽高忽低的顛簸、時上時下的起伏，是閱讀給予我們的自由。大詩人奧登（W. H. Auden）對寫作的鑑賞力非同凡響，但給他最大閱讀樂趣的不是莎士比亞的戲劇或者華茲華斯（William Wordsworth）的詩篇；而是難登大雅之堂的偵探小說。對他來說，讀偵探小說是一件不能告訴別人的快事（guilty pleasure），不得不讀，像煙民和酒徒無法戒掉煙酒一樣。

其實，閱讀是一種智力活動，關鍵不是「讀甚麼」而是「讀到甚麼」。一個像法國評論家巴特（Roland Barthes）那樣的「超級讀者」，可以從一封求職信看到現代人的生存處境。反過來說，一個心智閉塞的讀者，不管把

《金鎖記》讀多少遍，也不會明白甚麼是愛的凌遲。

十六世紀的西班牙詩人克維多（Francisco de Quevedo）說，讀書是與已經作古的人攀談甚至交心 READING IS CONVERSATION WITH THE DEAD. 的確，閱讀不是一種消極狀態，讀者也不應該處於被動地位。在最理想的情況下，閱讀應該像談戀愛一樣，是接觸式運動（contact sport），而不是只用雙眼看的spectator sport。當然，讀者與作者的身體接觸只限於腦袋——真正的閱讀是兩個腦袋的相遇（a meeting of two minds）。

> 此話有一語道破的智慧。經典當然經得起時間的考驗，但經典的作者只是血肉之軀。從這個角度看，稱閱讀經典為與已經作古的人神交談心，不過是saying the obvious而已；只是有時最顯而易見的東西最為人忽略。

我沒有慧根讀佛經，但偶然在書局看到一本關於佛教的英文書，題為 *Be a lamp unto yourself*，腦海馬上出現「做一盞照亮自己的明燈。」這句話；同行的朋友卻以為這本書教人自己動手做燈。由此可見，閱讀可以是創作行為，它需要動腦筋的程度，遠超過看電影和上社交網站一類消閒活動。

你屬於哪一個層次的讀者，取決於你「讀到甚麼」而非「讀甚麼」。這不只是讀書，也包括一切廣義上的閱讀體驗。比方說，普通人看犯罪片，只看到犯罪的情節和犯法的角色，美國評論家瓦修（Robert Warshow）卻看到了資本主義的犯罪本質，以及歹徒的英雄氣概和個人主義者本色。他

一九四八年發表於《巴黎評論》（*Paris Review*）的《從悲劇英雄的角度看法外之徒》（*The Gangster as Tragic Hero*），至今仍然是研究幫會電影的經典論述。對奧登來說，偵探小說提供的也不只是「誰是兇手」的樂趣。在《牧師的罪惡之家》（*The Guilty Vicarage*）一文，奧登說他在偵探小說中發現了一個關於存在之罪的基督徒寓言。從平平無奇中讀到意想不到 READING THE EXTRAORDINARY IN THE ORDINARY，閱讀的最大樂趣在此。

> Read 可解閱讀，亦可解讀懂、讀取和讀到。哲學家和社會學家教導世人將世界當文本那樣閱讀，就是要我們讀懂世界，做一個明白自己處境的「超級讀者」（super-reader）。解構學學者 Derrida 說，文本以外無一物（There is nothing beyond the text.）正是此意。

寫的意志與讀的慾望

作者有「寫的意志」，讀者也有「讀的慾望」。好的寫作是明鏡，讓人看到自己的生存處境……

愛情跟寫作有甚麼關係？《我會做你的鏡子》（*I'll Be Your Mirror*）是美國搖滾樂隊「地下絲絨」（The Velvet Underground）最溫柔的情歌，但

我一直當它是作者對讀者的服務承諾。

美國唱作人卜・戴倫（**Bob Dylan**，大陸譯作鮑勃・迪倫）有首不為人知的歌曲叫《女人，我一直把你掛在心上》（*Mama, You've Been on My Mind / Mama, You Been on My Mind*），最後幾句可以是作者寫給讀者的情書：「寶貝，當你在早上醒來，望一望鏡中的自己吧。我不會在你身邊，也不會在你附近。我只是想知道，你看自己，是否像那個一直把你掛在心上的我，看得那麼清楚。」

> 很多人認為，Bob Dylan不止是唱作人和搖滾樂手，還是詩人。我不是戴倫迷，但同意他是一等一的填詞人。他的詞佳作紛陳，順手拈來就有Don't think twice. It's alright. All I can do is be me. Whoever that is.。

寫作的時候把讀者掛在心上，是訓練有素的職業作家必備的紀律和自我約束能力。的確，意識到讀者的存在，所謂 "a sense of audience" 或「讀者覺悉」（audience awareness），是大多數優秀寫作的標記。

詩人弗羅斯特（Robert Frost）說，寫詩，因為骨鯁在喉；詩是表達內心的情感和尋求個人的滿足 POETRY BEGINS WITH A LUMP IN THE THROAT.。這樣說沒有錯，只是過於以作者為中心。對從事寫作的人，寫作再艱辛也值得，因為寫作有其內在的價值與趣味（intrinsically rewarding）。可是，單靠作者「寫的意志」（the will to write）並不足夠，還要加上讀者「讀的慾望」（the desire to read），寫作才可以繼續下

去，才可以產生意義和影響。其實表達自我（self-expression）與跟別人溝通（communication with others）根本就密不可分。以 "I'm nothing but a voice that shouts to be heard." 這詩句為例，一把大呼小叫、只是希望別人聽得到的聲音，不正是結合了寫作的個人維度（personal dimension）與社會維度（social dimension）嗎？

> 無數人嘗試為詩下定義，但只有這八字真言才令人最念念不忘。無他，這句子本身就是詩。以詩定詩，是形式與內容的高度結合。

讀者為何有閱讀的慾望？這跟人與生俱來的求知慾大有關係。自盤古初開，閱讀已經成為「對知識的追求」（the pursuit of knowledge）的代名詞。知識可籠統分為兩大類：關於自己的知識（knowledge of oneself）與關於世界的知識（knowledge of the world）。我們從小到大在學校所接受的正規教育（institutional education），灌輸和傳達的就是關於世界的知識。這種解釋人類社會和客觀世界如何運作的學科知識和書本知識十分重要，沒有這些知識，我們便無法做今日知識型社會的高效（productive）成員。

正是基於這種功利主義，現代人往往只懂得追求關於世界的知識，而忽略了對自己的認識。自古至今，在哲人鴻儒和大學問家的眼中，對自己的認識，所謂 self-knowledge，中國人所說的自知之明，是至高無上的知識（superior knowledge）。「認識自己」（know thyself）幾個字刻在古希臘阿波羅神殿入口處的上方，既是靈性的根本要求，也代表着人格發展的最

終成就。「我是誰?」是生命的關鍵問題,參透不了這個問題,其他一切的答案都變得無關宏旨。

閱讀重要,因為它是親身經驗以外最重要的自我知識來源。好的寫作——不管是詩、小說、散文還是評論,甚至只是一句妙語——是明鏡,以高清晰度的顯像讓我們看到自己的人性與生存處境。在我的閱讀筆記有這樣的一句話:"LOVE DIES EASILY BUT DESIRE IS A SURVIVOR."(愛,稍縱即逝;慾,至死方休。)。如此心酸眼亮的智慧(bitter wisdom)簡直令人無地自容,這樣老實到傷人(brutally honest)的寫作是反映赤裸靈魂的鏡子,甚至比我們自己還要認識我們。

> 我寫過最滿意的英文句子,風格的優雅和形式上的美遮蓋不住要表達的人性的醜。愛與慾的永恆關係沒法說得完,何妨一句泯恩仇。

最好的作者將讀者變成作者

最好的作者將讀者變成作者 THE BEST WRITERS TURN READERS INTO WRITERS. 我讀張愛玲的時候常有寫作的衝動,總想要為她的警句雋語加條尾巴。比方說,看見她寫「沒有愛情的婚姻是長期的賣淫」,我就想其實聰明絕頂、世故起來比任何人都要世故的祖師奶奶有時也不失天真。誰說沒有愛情的婚姻就一定有性?在這個愛情泛濫但性壓抑的社

會，婚姻的性也許比婚姻的愛更罕有、更少出沒。婚姻是苦差（Marriage is hard work.），這是過來人的經驗之談。沒有愛情的婚姻未必是長期賣淫，但沒有性的婚姻卻肯定是長期加班，還是沒有薪水拿的。

> 第一流的作者，有時會令你看完他的作品之後擲卷三歎，從此打消做作家的念頭。我讀過張愛玲的《金鎖記》，寫小說之心即死。但同樣出自張愛玲筆下，《我的天才夢》卻令我揮筆疾書，寫出第一篇評論。

失落的閱讀藝術

閱讀工具越來越先進，但我們的閱讀意志始終無法堅強起來，更遑論閱讀的慾望……

我是個過時的人。張愛玲在《傾城之戀》形容主角白流蘇的家人「唱歌唱走了板，跟不上生命的胡琴」，說的就是我這一類人。

我不但是從來不上Facebook的社交恐龍，也是堅決拒絕用電子閱讀器看書的文化遺民。然而吾道不孤，包括當代英文小說最重要獎項布克獎（Man

Booker Prize）二零一一年得主巴恩斯（Julian Barnes）在內的多位作家都曾公開表示，用Kindle和iPad來讀暢銷書還可以；但用來讀文學作品，甚至文學經典，卻始終給人不是「貨真價實」（the real thing）的感覺。

我承認我們這類人食古不化。馬克・吐溫講過，識字而不讀書的人，比起文盲，其實沒有佔到多少便宜 THE MAN WHO DOESN'T READ HAS NO ADVANTAGE OVER THE MAN WHO CAN'T.。讀書既然那麼重要，出現任何可以令買書、讀書和藏書更方便、更容易和更有趣的發明和工具，我們都應該懷着感激之心歌之頌之。何況E-books那麼多好處 —— 價廉物美、輕巧、不佔用空間、不浪費紙張，並且絕對user-friendly，可以讓你隨心所欲地選擇你喜歡的字體、字型和字號 —— 你就算下定決心去討厭它，也找不到藉口。

> 寫作的技巧和說話的技巧一樣，說甚麼、怎樣說和不說甚麼同樣重要。馬克・吐溫想罵不看書的人是文盲，但他寫作技巧高超，選擇了用婉轉但又不失尖銳的方式表達。

問題是閱讀器再神通廣大，用它來閱讀或多或少會令閱讀的經驗貶值，甚至變質。對我們此等書蟲來說，讀書不是只要盡力理解書的內容就可以，還要盡心與作者建立密切關係，如果能夠做到與作者心意相通，則善莫大焉，就是讀書的最高境界。這樣讀書，已經超越 "reading" 的層次，而變成所謂 "engagement with the text"。

這所以一個真正的愛書人（booklover）對書－－不是電子書，而是可以拿在手裏、打開合上的「真書」——總有一份憐惜。他知道，一本書得以面世，從寫作、植字、排版、配圖、校對、印刷到發行，最終落在讀者的手裏，所有的工夫和麻煩都是一種愛的辛勞（labour of love）。雖然最後可能空愛一場，愛的辛勞變成愛的徒勞 LOVE'S LABOUR LOST，但因為心中有愛、心裏明白，所以當愛書人將一本書拿上手翻閱，眼神總是溫柔的，心裏總有一絲激動。這就是為甚麼互聯網、電腦下載和桌面出版（desk-top publishing）永遠都取代不了傳統的書籍出版和印刷。

> *Love's Labour's Lost* 是莎翁寫的喜劇，裏面有一句話，被天下的偷情男女奉為座右銘："Let us once lose our oaths to find ourselves." （讓我們在一生之中，至少一次不為信守誓言而迷失自己。）。

看電子書再舒服，也比不上一邊思考，一邊用手指在優質紙張上移動、感受它的質地那種不落言筌的樂趣。還有那種看完一本幾百頁、厚甸甸的「巨著」的滿足感，以及從第一頁讀到第三百頁累積下來和計算得到的樂趣（computational pleasure），都不是電子書所能提供的。還有一點很重要，電子書不鼓勵翻閱、瀏覽和隨便看看，英文所謂的 "browsing"。其實聚精會神的閱讀往往由漫不經心的翻閱和隨便看看開始，電子書令我們經年累月培養出來的閱讀習慣和閱讀技巧一下子變得英雄無用武之地。單是這一點，就令我無法喜歡電子書。

閱讀名著和文學作品，就像寫信一樣，早成失落的藝術。Kindle、iPad和

iPhone的發明大大提升了閱讀的方便；但它們畢竟只是閱讀工具，怎樣使用它們，是否使用它們，還要看我們有多強烈的閱讀意志（the will to read）。

閱讀工具越來越先進，但我們的閱讀意志始終無法堅強起來，更遑論閱讀的慾望。在很多香港人的心目中，閱讀和慾望就像商業和道德一樣，放在一起馬上就成為一個矛盾詞（oxymoron）。

耶魯大學教授布魯姆（Harold Bloom）是莎士比亞專家，他花了大半生教人讀書。他認為，閱讀最大的功用是幫助我們善用孤獨（the wise use of solitude）。這話有道理，真正懂得獨處的人必然懂得享受獨處帶來的「寂寞」，英國史學家《羅馬帝國興亡史》的作者吉本（Edward Gibbon）便說過：「我獨處之時最不感寂寞。」I WAS NEVER LESS ALONE THAN WHILE BY MYSELF.

> 這句話是史上最偉大的單身宣言。只有能夠享受獨處的人才懂得自愛，而自愛是所有親密關係的基礎。當然，凡事宜適可而止。過於享受獨處，易抱獨處主義；而從獨處主義到獨身主義，只是一步之遙。

香港人視孤獨為洪水猛獸，千方百計要把它拒諸門外，又怎會想到要善用它？香港人每天都開着電視機，一邊罵，一邊看。電視所提供的集體幻想、奇觀、廉價滿足和敍事樂趣，漸漸將觀眾變成不習慣和不懂得思考、反省和獨處的所謂「沙發上的土豆」（couch potato）。

混沌: That reminds me of T.S. Eliot "The Rock"

...

O world of spring and autumn, birth and dying!

The endless cycle of idea and action,

Endless invention, endless experiment,

Brings knowledge of motion, but not of stillness;

Knowledge of speech, but not of silence;

Knowledge of words, and ignorance of the Word.

All our knowledge brings us nearer to death,

But nearness to death no nearer to God.

Where is the Life we have lost in living?

Where is the wisdom we have lost in knowledge?

Where is the knowledge we have lost in information?

The cycles of Heaven in twenty centuries

Brings us farther from God and nearer to the Dust. ...

閱讀的意義何在？

閱讀可以鎮痛、予人慰藉，讓人萌生勇於面對生活和挫折的意志、毅力和決心……

據報道，中國國家新聞出版廣電總局正在草擬在全國推廣閱讀的法例，目的是提升人民的讀寫能力和文化水平。中國人不讀書的問題有多嚴重？中國新聞出版總署的年度調查在全國各地訪問一萬六千五百名介乎十八至七十歲的人士，發現竟然有多達百分之四十五的受訪者全年沒有看過一本書。去年，中國人平均看四點四本平裝書，遠低於日本人的八點五本和南韓人的十一本。

根據二零一零年的全國人口普查，中國有約五千五百萬人文盲。可是，一如美國文學之父馬克·吐溫（Mark Twain）所言，識字而不讀書的人，比起文盲，其實沒有佔到多少便宜（Those who don't read have no advantage over those who can't.）。識字而不讀書，是因為不懂得「悅讀」（read for pleasure），從讀書中得到愉悅。悅讀的能力並非與生俱來，而是要慢慢培養才會養成的愛好 AN ACQUIRED TASTE。英國哲學家和經濟學家密爾（John Stuart Mill）稱之為「享受高等樂趣之能力」（capacity for higher pleasure）。我認識的孜孜不倦的終身讀者（lifelong readers），沒有一個當讀書是苦差、功課和責任。他們一有時間就看書，就像很多年輕人一有時間就上社交網站一樣，都是為了自娛。因此，一個終身的讀者必然是一個快樂的讀者（A lifelong reader must be a happy reader.）。對他們來說，只因有了書，生活才有樂趣，也才可以過得下去（Books help us enjoy life more and endure it better.）。

在一個重視實效、成本效益和機會成本的社會，常常有人會問「讀書何用」？「百無一用是書生」不是對知識份子的中傷，而是讀書人的領悟。清朝黃景仁在《雜感》一詩，用這七個字道盡「知」（knowledge）與「行」（action）的差距，以及在當時局勢下無權無勢的飽學之士壯志難酬。當英國詩人奧登（W.H. Auden）在《懷念葉慈》（*In Memory of W.B. Yeats*）中寫下「詩不會令事情發生。」（For poetry makes nothing happen.），他只是說出簡單的事實。

耶魯大學教授布魯姆（Harold Bloom）是莎士比亞專家，他花了大半生教人讀書。他認為，閱讀最大的功用是幫助我們善用孤獨 THE WISE USE OF SOLITUDE。的確，閱讀是「獨行」（a solitary act），你需要的只是一本書和一盞發出昏暗光線的孤燈而已。在這個意義上，閱讀在本質上和骨子裏是「反社會」（anti-social）的。

讀書，總會照亮很多隱蔽、幽暗的角落，讓我們把自己和自己的生存處境看得更清楚、更透徹。沒有受過被徹底打敗的挫折，不是懷着一顆謙卑、破碎的心，又怎會選擇寂寞的寫作事業？沒有心酸眼亮的智慧，怎寫得出撥雲見日、令人如夢初醒的作品？

優秀的寫作——不管是批判性的紀實作品（non-fiction）還是富想像力的文學創作（imaginative literature）——提供一種態度、觀點和思考方法，幫助我們培養判斷力和建立價值觀。久而久之，讀書人會萌生一種勇於面對生活和挫折的意志、毅力和決心。評論家博克（Kenneth Burke）稱偉大的文學作品為「應付生活的裝備」（equipment for living），心理學家佛洛姆（Eric Fromm）說一個人抵抗逆境的「精神資本」（psychic capital）有多豐厚，視乎他讀過多少書，就是這個意思。

閱讀的鎮痛和慰藉力（soothing power）與大眾娛樂的分散和轉移力（distracting power）不可混為一談。

文字有甚麼價值、意義和作用（What's the worth of words）？華茲華斯（Wordsworth）傳誦千古的「儘管無法重拾草之華麗與花之輝煌的燦爛時光，莫傷悲，要在剩餘與遺留中找到力量」THOUGH NOTHING CAN BRING BACK THE HOUR OF SPLENDOUR IN THE GRASS, OF GLORY IN THE FLOWER, WE WILL GRIEVE NOT, RATHER FIND STRENGTH IN WHAT REMAINS BEHIND.，這樣的句子不是用來消磨時間和打發時光，而是用來療傷活命的。

詩是有教養的人的心靈雞湯（Poetry is chicken soup for the cultured.）。這也許是知識份子的勢利，但詩的確有它的神奇力量，讓人在一刻清醒之中看透世情甚至看破生命。

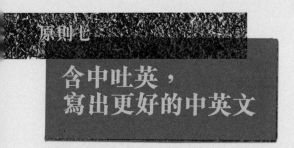

原則七

含中吐英，
寫出更好的中英文

"Ignorance is bliss."

Invention is the mother of necessity.

"Necessity is the mother of invention."

Ignorance of the many is the bliss of the few.

我在香港的英文報章《南華早報》（*South China Morning Post*）有一專欄，每月發表一篇約500字的文章。我寫這個專欄不可謂不用心，但筆下最機智的英文句子和最有趣的英文新詞，竟出現在我的中文寫作之中。這情況，就像很多人與朋友而非親人在一起，才會將他們最機智、最有趣的一面展示出來。在我的中文寫作裏，英文不是虎落平陽被犬欺，而是微服出巡的皇帝。你可以跟他玩摔角和踢足球，讓他把自己最頑皮、最打趣的一面顯現出來。

在《現代社會的智能荒謬》，我將 "Ignorance is bliss."（無知是福。）改寫成 "Ignorance of the many is the bliss of the few."（多數人的無知乃少數人的福氣。）；又鑄造了脫胎自 "mass entertainment industry"（大眾娛樂事業）的 "mass entrapment industry"（大眾愚蠢事業）。這篇文的結論，是現代人往往在最心不在焉的時候最全神貫注（We are most absorbed when we are most distracted.）。這句英文用了王爾德式（Wildean）的矛盾修辭法，到今天我還有點沾沾自喜。

以所謂《兔子四部曲》（四部小說的主人翁都是渾名兔子的Harry Angstrom）享譽文壇的厄普代克（John Updike）被譽為近50年來美國最優秀的小說家。拾他的牙慧不失禮，將他的牙慧變成自己的牙慧更是無以尚之。這種滿足感對我不陌生：在《智能手機是毒品？》，我將他膾炙人口的名句 "America is a vast conspiracy to make us happy."（美國是一個逗人開心的大陰謀。）改寫成 "Capitalism is a vast conspiracy to make us stupid."（資本主義是一個製造集體愚蠢的大陰謀。）。

至於將 "Those who go beneath the surface do so at their peril."（追求深度的人是自討苦吃。）改寫成 "Those who stay at the surface do so at their peril."（甘於膚淺的人是自討苦吃。），得到的不止是在絕頂聰明面前賣弄小聰明的滿足感；還有跟西方第一才子王爾德頂嘴的樂趣。

現代社會的智能荒謬

社交網絡等即時通訊佔領現代生活，羣眾的無知被有計劃地開發提煉，變成有利可圖的資源……

有一種貧富懸殊，基尼係數（Gini coefficient）無法量度。有一種資本，不管是馬克思的《資本論》還是法國經濟學家皮凱蒂（Thomas Piketty）全球暢銷的《二十一世紀資本論》（*Capital in the Twenty-First Century*）都沒有認真看待。這種資本在人口中極度不平均分佈，造成二十一世紀貧富懸殊問題越演越烈。

這種資本，普通人叫它做「智力」（brainpower），經濟學家稱之為「智能資本」（intellectual capital）。人的賢愚跟人的美醜一樣差異極大，聰明的人當家作主，沒有那麼聰明的人聽命服從。這種含蓄的、沒有言明的主僕關係，是我們已經習以為常的生活現實（a fact of life）。

資本主義，説穿了，是一套社會達爾文主義（Social Darwinism）。市場所提供的，是一個適者才可生存、弱肉終被強食的人為環境。是故，少數人的大富大貴總建立在多數人的渾渾噩噩之上，這是資本主義社會顛撲不破的潛規則。

從這個角度來看，"Ignorance is bliss."（無知是福。）這句英文諺語儘管膾炙人口，然而充其量只是「半真半假的陳述」，應該改寫為 "IGNORANCE OF THE MANY IS（THE）BLISS OF THE FEW."（多數人的無知乃少數人的福氣。）。誠然，在今日社會，其中一條萬試萬靈

的致富之道，就是「發掘」和「駁通」（tap into）羣眾的愚昧和無知，挖空心思滿足他們的原始慾望與基本需要。從Marvel Comics的廣受歡迎到荷里活超級英雄電影的全球賣座；從韓劇《來自星星的你》到《格雷的五十度色戒》（*Fifty Shades of Grey*，台譯《格雷的五十道陰影》，大陸譯《五十度灰》）成為文化現象；從黃色新聞（yellow journalism）到民粹主義，擁抱愚蠢已經成為無堅不摧的市場力量和社會潮流。

> 成語和諺語像通行了幾百年的貨幣，隨時拿出來使用也可以。它們又像《紅樓夢》和莎士比亞四大悲劇一類的經典作品，是永恆的靈感泉源，讓你進行無邊無際的詮釋、改編和再創作。

在資本主義社會，智慧是財富，這當然不是二十一世紀的新發展。可是，無可否認，在互聯網、社交網站、即時通訊（instant messaging）和智能手機「佔領」現代人的生活之前，羣眾的愚昧從未像今天那樣被如此有計劃、有系統地「開發」和「提煉」。庸眾的無知變成一種可供利用、有利可圖的資源，本質上與貴重金屬或稀土沒有分別。

從前，靠迎合大眾愚昧維生的，是以電影、電視、電台和電玩為主的大眾娛樂事業 MASS ENTERTAINMENT INDUSTRY。這樣的愚蠢明刀明槍、童叟無欺，所以詩人余光中可以理直氣壯地批評它「每天大量生產愚蠢」。然而今日的大眾愚昧穿上「先進科技」、「精明消費」和「人民力量」的外衣，已經「同化」甚至「殖民化」了聰明。大眾娛樂事業依然欣欣向榮，但真正將大眾的愚昧「商品化」、「常態化」和「生活化」的卻

是「大眾愚蠢事業」（mass entrapment industry）。

> 大眾娛樂事業永遠不會被時代淘汰，因為大眾需要娛樂，就像人需要
> 吃飯穿衣，不會因時代而改變。改變的只是娛樂的模式。例如今日的
> 大眾傳播業（mass communication industry）本質上已經愈來愈接近大
> 眾娛樂事業。

"entrapment"的意思是誘捕和誘人犯罪，所謂"mass entrapment"，就是利用大眾無法忍受沉悶、需要尋找寄託和享受舒適便利這些特性，使他們在不知不覺中對某些商品產生病態的倚賴。

社會由"mass entertainment"的年代進入"mass entrapment"的年代，現代人亦由整天蜷在沙發拿着遙控器看電視的「沙發土豆」（couch potato），變成終日抬不起頭、目不轉睛地看着手提電話屏幕的「手機癮君子」（smartphone addict）。現代人上網成癮，沒有手機過不了日子，不是一種生活方式的選擇（lifestyle choice）；而是被人巧妙操縱之後產生的病態倚賴。這種病態不但沒有被當成問題那樣處理或頑疾那樣醫治，反而被常態化。

智能手機社會的矛盾

Smartphone沒有改錯名，它的確是智慧的結晶和一流腦袋的發明；但同時也是用來裝載愚蠢的器皿，讓用者可堂而皇之地做無聊之事，理所當然地作自私之人。它讓世人從單調乏味、

不斷自我重複的「此時此地」（here and now）逃出來，問題是它在消滅沉悶的同時也殺死了專注。Smartphone以分散我們注意力的方式吸引我們的注意力（attraction by distraction）。結果，我們在最心不在焉的時候最全神貫注 WE ARE MOST ABSORBED WHEN WE ARE MOST DISTRACTED.。這是智能手機社會的荒謬，也是它的深層次內部矛盾。一個注意力長期分散、思想永遠無法集中的社會（a permanently distracted society）必然因小失大，見樹不見林。我們現在不妨就作好心理準備。

> 在修辭學上，這是誇張法（hyperbole）；但絕非言過其實（overstatement）。剛剛相反，問題的嚴重性怎麼說也不為過（cannot be overstated）。

智能手機是毒品？

智能手機像毒品，麻木我們的思想，令我們變得瑣碎、庸俗且欠缺思維能力……

蠢非罪，更非死罪，否則全球的人口至少減半。聰明到極點的科學家愛因斯坦認為，人類的無知跟宇宙同樣無限。今時今日，智能手機大行其道，現代人使用的手機越來越聰明，但自己的智能卻越來越倒退。這個奇怪的矛盾現象其實既不奇怪也不矛盾：美國作家厄普代克（John Updike）說，美國是一個逗人開心的大陰謀 AMERICA IS A VAST CONSPIRACY TO MAKE US HAPPY. 。這句話天真得令人心痛，實情是資本主義是一個製造集體愚蠢的大陰謀（Capitalism is a vast conspiracy to make us stupid.）。從金融衍生工具的買賣到樓市的「豪宅化」，美容瘦身產品到垃圾食物，香港的電視節目到荷里活改編自漫畫的超級英雄電影，政客的謊話到傳媒的炒作，哪一樣東西不是瞄準大眾的無知，將集體愚蠢當作珍貴資源那樣開發和利用？

> 英文的佳句往往有一種不和諧美。以此為例，它的衝擊力來自名詞（conspiracy）與形容詞（happy）的不相稱和不協調（incongruity），包含其中的是不屑人云亦云的逆向思維和犀利的洞察力。

在這個製造集體愚蠢的大陰謀之中，智能電話扮演的角色越來越重要。比方說，上班族每天的例行公事，就是在擠滿人的地鐵車廂內如老僧入定般專心致志，去完成一項刻不容緩的任務：在他們智能手機的屏幕上刷來刷去，把五顏六色的糖果排成一線。

這個名為「糖果粉碎傳奇」（Candy Crush Saga）的遊戲完全不需要動半點腦，它帶領玩家進入一個有雪人和尼斯湖水怪的虛擬世界，已被全球智

能手機用戶下載超過五億次。下載這個遊戲是免費的，但很多玩家為了增加遊戲的樂趣，都願意花錢購買玩這個遊戲所需的額外「生命值」。開發這個遊戲的愛爾蘭公司King Digital Entertainment因此財源滾滾，去年營業額高達二十億美元，其中接近六億美元是純利潤。

自商業電視和小報文化興起，社會向「笨下去」DUMBED-DOWN 的方向發展已成定局。可是，現代人義無反顧地擁抱愚蠢，理直氣壯地沉溺於容易上癮、自我放縱和依賴的行為，卻不得不歸咎於移動技術（mobile technology）的日新月異，以及智能電話的大受歡迎。

> Dumbing down 的字典解釋是 "the act of making something simpler and easier for people to understand, especially to make it more popular." 所謂 simpler and easier 往往是愚蠢的同義詞。Dumbing down就是大量生產愚蠢以迎合愚蠢。

智能手機風行全球，並非無因。在一個時時刻刻要爭奪消費者和受眾注意力的經濟體系（attention economy）裏面，還有甚麼比智能手機更能抓住我們的注意力？作為 "attention grabber"，智能手機無可匹敵，因為它跟最成功的藝術品一樣，用分散我們注意力的方式來抓住我們的注意力（it attracts by distracting）。在一個沒有戀情只有關係的時代，人與智能手機的關係，堪稱這個時代的偉大戀情：不管何時何地，我們總是深情款款地盯着我們手機的屏幕，無法轉移視線。

曾幾何時，世人視個人電腦為擺脫束縛、還我自由的終極工具。只要一部

電腦在手，我們就可以無止境地學習，與別人分享信息和監察政府。智能手機結合移動電話、觸摸屏電腦和多種電子消費設備的功能，本應讓使用者更加自主自強。若個人電腦一如喬布斯（Steve Jobs）所言，是「鍛煉大腦的自行車」A BICYCLE FOR THE MIND，更先進、更多用途的智能手機就應該是「大腦的便攜式健身房」（a portable gym for the mind）。

> 這是修辭中的暗喻（metaphor），跟as white as snow一類的明喻（simile）不同。例如用拳擊比賽喻指生活中的激烈鬥爭。

然而，智能手機並沒有鍛煉我們的腦筋，反而像用來消遣的毒品（recreational drug）那樣麻木我們的思想，令我們變得瑣碎、庸俗且欠缺思維能力。想想看，自從買了智能手機後，你已經看過多少套不倫不類的韓劇、玩過多少個沒頭沒腦的手機遊戲？

在這層意義上，雖說使用智能手機已經普遍到成為現代人的生活方式，它仍然是一個錯失的良機（a missed opportunity）和未兌現的承諾（an unfulfilled promise）。不過，想深一層，移動技術和智能手機並非個人自由和集體智慧的天敵，我們的失敗之處在於不懂得更明智和更機警地使用它們。

現代人借沉迷手機的方式來宣洩對「此時此地」（the here and now）的不滿。一機在手，沒有人願意 —— 也沒有人需要 —— 活在當下。於是，一部小小的手機為現代人提供了「大解脫」（the great escape）。建築大師賴特（Frank Lloyd Wright）說，只要能夠擁有生活的奢侈品，他就願

意放棄生活的必需品 GIVE ME THE LUXURIES OF LIFE AND I WILL WILLINGLY DO WITHOUT THE NECESSITIES.。這種本末倒置的生活態度，也許就是現代人的手機情結。

這句話顛覆了一般人對奢侈品與必須品的觀念。對這句話的作者而言，奢侈是必須的，否則生活毫無意義。這何止是逆向思潮（contrarian thinking），簡直是瘋狂。

原則八

為了火花

讓中文與英文碰撞，看看會產生甚麼火花，例如「洋人比中國人更健談，更風趣，更懂得談話的藝術，全因他們懂得説 *"But I digress."* ……」

我寫作的時候，有時故意讓中文與英文碰撞，看看會產生甚麼火花。英文的發音配以中文的意思，可以是天造地設的珠聯璧合，當中大有學問，廣告界稱為「品牌取名法」（brand naming）。比方説，將Coca Cola 譯成可口可樂，或者將Benz譯成奔馳。這些價值連城的品牌譯名何止音意俱佳，簡直將英文的深層意思呼喚出來。葉慈（W.B. Yeats）説，火花是在情人眼中讀到的詩篇，可口可樂和奔馳，就是中文打開英文的靈魂之窗看到的風景。我談夢露，説她最fascinating 的地方是引人入「性」，也有這個用意。

在《離題萬丈之美》，我這樣寫：「洋人比中國人更健談、更風趣和更懂得談話的藝術，全因他們懂得説 "But I digress." （但我離題了。）。一代散文大師蒙田説，離題是通往事情核心的唯一途徑（Digression is the only way to the heart of the matter.）。」從 "digress" 到離題再到 "Digression"，是一場英文與中文的短跑接力賽，相信連觀眾都看到它們合作的默契。

同樣的「無縫交接」可見於《男人的幽默》以下一段：「女人對初相識男人

最大的恭維是對他說『你真風趣。』 ── you're so funny.。當女人對男人說，You make me laugh. ，她發出的可能是動物最原始的求偶呼喚（mating call）。」

離題萬丈之美

不少作家善於寫得迂迴和離題，但表面上的離題萬丈，往往是骨子裏的深入淺出和厚積薄發……

現代人是開會的動物，但總覺得只有腦筋遲鈍、語言乏味的人才喜歡一本正經、從不離題地開會。離題，是想像力在飛馳、好奇心在跳躍和自由的靈魂在呼喚。整體而言，洋人比中國人更健談、更風趣、更明白談話的藝術，全因他們懂得説 "But I digress."（但我離題了。）。

一代散文大師蒙田（Montaigne）説，離題是通往事情核心的唯一途徑 DIGRESSION IS THE ONLY WAY TO THE HEART OF THE MATTER.。他的傳世之作是*Essays*，Essay一詞來自法文Essai，意思是摸索和嘗試。此書收錄蒙田一百零七篇雜文、隨筆、論説文和小品文，文章之間並無關連，唯一共通的主題就是離題。每一篇都是名副其實的essays，充滿想別人所不敢想的思想實驗和「探透耐性」（tantalizing）的推斷猜測。這些文章的動人之處不在其無懈可擊的邏輯，而在其迂迴曲折、婀娜多姿。

> 有時智慧很簡單，不過是常識的相反而已（Wisdom is the opposite of common sense.）。這樣説當然是把問題看得太簡單，但簡化不是理解複雜問題的最好方法嗎？（Isn't simplification the best way to understand a complicated issue?）

美國長春藤大學十之八九要求申請入讀者寫一篇由他們命題的 "admission essay"，因此教授essay寫作的專家、課程和書籍大行其道。問題是essay之

道，是不可道之道。在近代中國作家之中，林語堂可說是深諳essay三昧。

他在《生活的藝術》的《自序》中如是說：「我頗想用柏拉圖的對話方式寫這本書。把偶然想到的話說出來，把日常生活中有意義的瑣事安插進去，這將是多麼自由容易的方式……我想說的對話，它的形式並不是像報紙上的談話或問答，或分成很多段落的評論；我的意思是指真真有趣的、冗長的、閒逸的談論，一說就是幾頁，中間富於迂迴曲折，後來在料不到的地方，突然一轉，仍舊回到原來的論點，好像一個人因為要使伙伴驚奇，特意翻過一道籬笆回家去一般。」

所謂「中間富於迂迴曲折」的「有趣的、閒逸的談論」，正是essay的精髓，也是從培根（Francis Bacon）到桑塔格（Susan Sontag）一眾西方傑出雜文家所不時強調的「離題特質」（digressive quality）。好的雜文常常給人一種遼闊、浩瀚 **EXPANSIVE** 的感覺，其原因在此。《生活的藝術》寫得最精彩、令人看得最眉飛色舞的段落，皆展現出這種既離題萬丈又一針見血、將雄辯滔滔和閒話家常融為一體的奇技。

> 稍懂英文的人不會對expensive陌生，和它只有一字之差的expansive拋棄金錢的庸俗，而去擁抱遼闊的藍天和浩瀚的海洋（expansive skies and seas）。Expansive 也可以解豁達開朗，例如，"Winning puts him in an expansive mood."。

表面上的離題萬丈可以是骨子裏的深入淺出和厚積薄發。張愛玲的《流言》堪稱散文極品，裏面的文章，從《童言無忌》到《談音樂》，從《洋

人看京戲及其他》到《詩與胡說》，單看題目就知道是閒談而非演講，逛街多於趕路。她可以洞若觀火，一語中的；但她的洞見不是劈頭劈腦打下來的，而是夾雜在濃淡筆墨中讓你領略。試看她在《談音樂》中怎樣談音樂：「我最怕的是凡啞林（violin），水一般地流着，將人生緊緊貼戀着的一切東西都流了去了。胡琴就好得多，雖然也蒼涼，到臨了總像着北方人的『話又説回來了』。遠兜遠轉，依然回到人間。」「遠兜遠轉，依然回到人間」就是離題的魅力。

這一點，頭腦簡單的人不會明白。《大亨小傳》（*The Great Gatsby*）的作者費茲傑羅（F. Scott Fitzgerald）説過，只有第一流的腦袋，才可以在同一時間內容納兩種互相矛盾的念頭，而依然可以不受影響地繼續思考 THE TEST OF A FIRST-RATE INTELLIGENCE IS THE ABILITY TO HOLD TWO OPPOSITE IDEAS IN MIND AT THE SAME TIME AND STILL RETAIN THE ABILITY TO FUNCTION。中國不是雜文家和閒聊家的盛產地，也許是因為中國的文化和社會有太多禮教和習俗、限制和壓抑，令人只會依書直說而不敢率性而為、暢所欲言。這跟英美的文化傳統和社會價值大大不同。

> 這只是Fitzgerald筆下無數妙語佳句之一。他的經典《大亨小傳》（*The Great Gatsby*）簡直是一本quotation book，隨便翻開一頁，都可以找到令人心酸眼亮、值得引用的句子，例如 "I wasn't actually in love but I felt a sort of tender curiosity."（這不是愛，只是溫柔的好奇。）。

比方説，英國浪漫主義詩人濟慈（John Keats）認為，離題是對生命的複

雜和曖昧的包容。一個言不及義的人，就是一個「拿不定主意者」（flip-floppers）。在濟慈的眼中，拿不定主意是一種「消極才能」（negative capability），因為只有拿不定主意的人才可擁抱生命的神秘和懸疑、莊嚴與華麗，像聖人保羅（St. Paul）、奧斯丁（St. Augustine），及莎士比亞筆下的哈姆雷特（Hamlet）。

男人的幽默

越來越多研究、調查和統計顯示，平均來說和整體而言，男人比女人風趣和有幽默感⋯⋯

由倫敦的希思路機場到奧運村，本來只需四十五分鐘的車程。可是由於司機迷路，一架接載美國星級運動員的巴士，結果花了整整四個小時才把運動員送到目的地。倫敦市長約翰遜（Boris Johnson）在記者會上被問到這件尷尬事，不慌不忙地答道：「他們踏上了一次意想不到的觀光之旅。」

一九八一年三月三十日，就任只有七十日的美國總統列根（里根、雷根）中伏。他的肺部被子彈射穿，但一貫的幽默感卻完整無缺。他在手術之後看見太太南茜憂心忡忡，便對她說：「親愛的，我忘了要彎下身來。」

HONEY, I FORGOT TO DUCK.

> 在壓力下表現出優雅和風度（grace under pressure），
> 是美國人對男性最大的期望（masculine ideal）。整部
> 《老人與海》探討的就是這個主題，所謂cool也有這
> 個意思。

越來越多研究、調查和統計顯示，平均來說和整體而言，男人比女人風趣和有幽默感；而男人的幽默感，又往往跟他的領導才能、人際關係和辦事能力息息相關。不管是在舞台上，電影和電視劇裏，還是在現實生活中，女性多是在「接收」幽默，負責「發放」幽默的，總是那些很風趣或自以為很風趣的男人。

這可能是上帝的旨意、大自然的規律。取悅異性，是男人的天職和生存處境。張愛玲在《色•戒》裏寫道：「到女人心裏的路通過陰道。」其實男人哪有這麼浪漫，對他們來說，陰道是目的地，而非通往女人心裏的路。

男人要面對最實際和更迫切的問題，是怎樣討好女人，從而得到她們的注意、好感和垂青，最後成為她們的入幕之賓。西諺有云：「到男人心裏的路通過胃（the way to a man's heart is through his stomach）。」如果要抓住男人的心，先要抓住他的胃；那麼要抓住女人的心，就要懂得怎樣點她的笑穴。

女人對一個初相識的男人最大的恭維，不是對他說「你很英俊」或者「你

為了火花

原則人

很有頭腦」；而是「你很風趣」──"you're so funny."。有統計發現，大多數女人只願意跟能夠令她們開懷大笑的男人發生性關係。當女人對男人說：**YOU MAKE ME LAUGH.**（你令我開懷大笑。），她發出的可能是動物最原始的求偶呼喚（mating call）。

> You make me laugh.可以是帶着感激的由衷讚賞，但"Don't make me laugh."卻是帶着輕蔑的「別讓我笑掉大牙了。」。言下之意是，你的想法或提議太愚蠢。

難怪男人總是樂此不疲地要逗女人笑。男人窮一生精力去做滑稽之事和做滑稽之人，熟能生巧，體內自然會比女人多幾根引人發笑的所謂"funny bones"。女人當然也要討好男人，但她們討好男人的方法，是用她們的美色和身段。古今中外，女人從來不需要懂得講笑話，只要聽得懂就可以。這是社會和文化對女性角色的定義。久而久之，女人的幽默感嚴重滯後於男人。

以取笑別人的方式來取悅異性，是咄咄逼人，也是先發制人。所以講笑話其實不是開玩笑的事，英文所謂"no laughing matter"。一如舉重的男人要展示他的臂力，一個口若懸河、談笑風生的男人要展示的，是他的智力（brain power），以及他的指揮若定和大權在握。讚一個男人風趣和有幽默感，等於讚一個女人貌美或者身段動人，是約定俗成的文化價值。反而一個有幽默感的女人，對男人是一種挑戰和挑釁。男人心目中的理想女人，一定要令他們動心，甚至動情，卻不必要令他們發笑。女人只需要在

男人表演的時候做他們的觀眾和聽眾，千萬不要做他們的競爭對手。

女人的本性較男人嚴肅，這也許跟她們的生育能力有關。幽默感的本質是
反權威，而在這個世界上，還有甚麼比生育的能力 —— 即賦予生命的能力
—— 更權威？佛洛依德很偉大，但他說女人對男人有「陽具妒忌」PENIS
ENVY，卻是荒天下之大謬。實情是男人在內心深處自覺不如女人，因為
他們不能生孩子，於是只好千方百計控制女人和駕馭女人。男人喜歡嘲人
和自嘲，就是因為他們骨子裏都自卑，不把自己當一回事。女人從來不會
這樣想，因為做母親的責任太重大。

> 善妒是人性，因此各式各樣的妒忌層出不窮，例如career
> envy（妒忌別人事業有成），home envy（妒忌別人的家
> 居），甚至gadget envy（妒忌別人擁有的手提電話或電腦
> 等小工具）。

聰明絕頂的錢鍾書認為，幽默不能提倡，一經提倡，「自然流露的弄成模
仿的，變化不居的弄成刻板的」。這種幽默會變成「幽默的資料」，這種
笑「本身就可笑」。他又說：「幽默提倡以後，並不產生幽默家，只添了
無數弄筆墨的小花臉。掛了幽默的招牌，小花臉的身份當然大增……但他
跟真正有幽默者絕然不同。真有幽默的人能笑，我們跟着他笑。假充幽默
的小花臉可笑，我們對着他笑。小花臉使我們笑，並非因為他有幽默，只
因我們自己有幽默。提倡幽默作為一個口號，一個標準，正是缺乏幽默的
舉動。這不是幽默，這是一本正經的宣傳幽默，板了面孔的說笑。」

為了火花

嚇聯人

原則九

為了更好地表達自己

我特別愛用英文的矛盾修辭法，
將一些意思看來相反的英文字放
在一起。

I quote others to better express myself.

蒙田説：「我引用別人的話，是為了要更好地表達自己。」（I quote others to better express myself.）。這也是我中英夾雜的原因 —— 我寫中文夾雜英文，是要更好地表達自己（I use English to better express myself in Chinese.）。這樣説好像很矛盾，甚至有點強詞奪理；但有些心裏話和心中意，的確只可以用英文表達才覺得夠真實和夠痛快。

我特別愛用英文的矛盾修辭法，將一些意思看來相反的英文字放在一起。在《沉悶是金》，這類oxymoronic的名詞（terms）、短語（phrases）和句子（sentences）包括"extraordinary, radical boredom"（非一般的、不同凡響的沉悶）、"immunity to boredom"（抗悶能力）、"capacity for pleasure"（享受樂趣的能力）和"If you are not anti-boredom, you must be anti-society."（不抗拒沉悶的人肯定反社會）。

我對「分享」的思考和批判當然可以用中文表達（「分享」不是「你做甚麼，我也做甚麼」；一個沒有個性和自我的人，可以拿甚麼跟別人進行有

意義的交流和溝通？），但總不如用英文表達那麼痛快淋漓和一針見血：
"Sharing is not doing the same thing." 和 "How can you share yourself if
you don't have a self?"

對社交媒體的控訴也是一樣。說它們「以幫助用戶掌握生活為名來控制
他們、奴役他們」算是把意思說清楚，但怎及 "to enslave in the name of
empowering" 的言簡意賅和值得引用（quotable）？

沉悶是金

智能電話令沉悶在現代生活遭到全面封殺，但是沉悶的最大功能卻是鞭策人有所行動……

幾十年後，研究普羅大眾生活的社會史學家（social historians）回顧今天，也許會將它界定為人類終於把大規模的沉悶消弭的關鍵時期，就好像上世紀50年代防小兒麻痺症病毒的發明和廣泛使用，令這可怕的脊髓病幾乎在人類社會絕跡。

我們生活在一個義無反顧、不計後果又不假思索地反沉悶的年代。反沉悶的總部和大本營設在美國三藩市矽谷，以谷歌、蘋果、微軟、面書和推特（Twitter）這類科網公司為首。它們的信念和座右銘是：「如果你不反沉悶，就是反社會。」（If you are not anti-boredom, you must be anti-social.）。

「殺死時間」當然是大生意，但智能手機和社交網站要做的不只是幫助我們消磨時間和打發時光，而是要根除、消滅和杜絕人類不快樂和不幸福的源頭──沉悶。Eradicating Boredom（將沉悶連根拔起）不但是這些影響力遍及全球的企業和產品加諸自己身上的任務和使命，更是它們存在的意義。

面書摧毀沉悶的方法是將使用者的社交圈子改建成一個「看別人，也歡迎別人看」（see and be seen）的表演舞台。於是，生活變成24小時不停播放和上演的「真人騷」（reality show）。沉悶在現代生活遭到全面封

殺，應該是由第一代iPhone面世開始。無所不能的智能電話，可能是交到人類手上有史以來最好的玩具。一機在手，沉悶二字馬上變得抽象，因為種類繁多的「有趣東西」（interestingness）會從四面八方透過電話蜂擁而來。專門研究新媒體和互聯網黑暗面的俄裔美籍作家莫洛佐夫（Evgny Moroszov）說智能手機將使用者置身於「沒完沒了的接收狀態」THE STATE OF PERMANENT RECEPTIVITY，並非危言聳聽。

> 翻譯是為愛而做的艱巨工作（a labour of love），要譯得傳神，須對原文具備像對愛人一樣的親密知識（intimate knowledge）和透徹了解。這也是我將 "permanent" 譯作「沒完沒了」而非「永久」或「長久」背後的企圖。

不過，最抵擋不住沉悶（boredom-averse）的還是谷歌。谷歌的董事長和首席執行官施密特（Eric Schmidt）在他的著作《數碼新紀元》（*The New Digital Age*）中，將谷歌眼鏡（Google Glass）稱之為「對抗沉悶的終極裝置」（the ultimate anti-boredom device）；又說網上源源不絕的資訊和娛樂令人「無暇沉悶」（too busy to be bored）。

沉悶真的是我們要除之而後快的人民公敵嗎？德國哲學家海德格爾（Martin Heidegger）在《形而上學的基本概念》（*The Fundamental Concepts of Metaphysics*）指出，沉悶的最大功能是鞭策人有所行動。他認為，當人覺得厭倦、無聊和沉悶，就是處於潛力最豐富和最充滿可能性的狀態。沉悶，是斷然採取行動之前必須的等待。

德國評論家克拉考爾（Siegfried Kracauer）師承社會學家席美爾（Georg Simmel）。席美爾在其影響深遠的論文《大都會與精神生活》（*The Metropolis and Mental Life*）中指出，五花八門、五光十色的城市生活不斷刺激現代人的感官和燃燒他們的慾望，城市人慢慢培養出一種不稀罕和玩厭了的態度（blasé）。他們對甚麼都有興趣，也對甚麼都沒有興趣。

克拉考爾認為，這就是城市生活的精神分裂本質（schizophrenic nature）。城市人要自救，只能借助一種「非常、激進的沉悶」（extraordinary, radical boredom）。城市人要學會直視生活和面對自己。這種隨面對自己而來的沉悶是激進的，因為它早晚會指向在個人或社會層面進行徹底改革的需要。

哲學家羅素認為，沉悶乃至為重要的道德問題，原因是人抵受不了沉悶才會犯罪，HALF THE SINS OF MANKIND ARE CAUSED BY FEAR OF BOREDOM。對沉悶的恐懼是現代人最致命的弱點，狡猾的商人只要懂得按我們身上這個「恐懼鍵」，就可以像操縱木偶一樣把我們玩弄於股掌之上。

> 這句話當然沒有科學根據，但語不驚人死不休是宗師和智者的特權。大膽推斷，英文稱之為 "speculative daring"，也是第一流評論家的本領。

一個人的「抗悶能力」（immunity to boredom）跟他「享受樂趣的能力」

為了更好地表達自己　顧此失彼

（capacity for pleasure）大有關係，最沒趣的人最容易覺得沉悶。所以，不要隨便投訴你身處的環境有多沉悶，因為聰明的人會推斷出你這個人有多乏味。

社交網站與私人空間

這個年代過度強調透明與合羣，忽略了隱私。我們在不受公眾干擾的狀態下才可以發展自我……

刻下在美國最火紅的小說《圈子》（*The Circle*）所描繪的未來社會，是一個快要給「數碼海嘯」（digital tsunami）淹沒的人類世界。

在作者戴夫‧艾格斯（Dave Eggers）的反烏托邦想像（dystopian imagination）裏，圈子一如現實中的Facebook，是一家影響力無遠弗屆的社交網絡跨國企業。它成功的訣竅是：以幫助用戶掌握他們的生活為名來控制他們、奴役他們 TO ENSLAVE IN THE NAME OF EMPOWERING。圈子的企業使命，是要將廣闊的世界變成一個巨大的社交圈（turn the whole wide world into a giant social circle）。為達到這個目的，它逼使員工不眠不休地在網上交朋結友、做問卷調查、發短信評論，

以及把自己的喜惡、相片和生活巨細無遺地與其他人「分享」。於是，員工的私人時間也就是辦公時間；他們淘空自己以討好別人，又努力不懈地把自己的生活公諸同好。久而久之，私人空間的概念和實際存在，就像給不斷加熱至全部蒸發的水一樣，慢慢在社會中衰減消失。

> In the name of 亦正亦邪，正反兩面的意思也可以表達。例如I arrest you in the name of the law because you commit crimes in the name of religion.（你以宗教名義進行犯罪活動，因此我依法將你拘捕。）。

在這人的自我意識岌岌可危、形勢嚴峻的新世界 —— 姑且稱之為 "Grave New World"，有別於英國作家赫胥黎（Aldous Huxley）筆下充滿反諷的「美麗新世界」（Brave New World） —— 人的價值和自我價值靠社交網站提供的數據以數量表達：你在網上有多少個朋友和追隨者（followers）？你的個人網頁有多少點?（hits）？你每天收到多少個「讚好」和代表認同的「向上的拇指」（thumbs-up）？

這個世界亦遠亦近，既光怪陸離、不可思議，又不會令我們覺得全然陌生。「數碼海嘯」已經出現，Facebook、Google、Youtube、Tumbir、Twitter、Instagram以至微博和微信每一刻都在分散我們的注意力，同時又令我們目不轉睛、耗盡心力，不就是艾格斯所說的 "both distracting and all-consuming" 嗎？我們每天像體操選手完成指定動作那樣上網報告行蹤、把自己的衣食住行拍照放上網與人分享，不是越來越像辦公嗎？

《圈子》的文學價值也許不值一哂，但若視之為社會批判（social critique），卻是當頭棒喝。它最擊中要害的一句話，是社交網站「把青少年那種沒完沒了的幼稚強加於所有人」IMPOSING AN ETERNAL ADOLESCENT IMMATURITY ON EVERYONE。社交網站聲稱可以「讓我們隨時與朋友保持聯繫及分享生活中每一刻」，結果我們像一羣易興奮的十歲兒童那樣為大家都喜歡的東西歡呼喝采。不管年紀有多大，一上社交網站就彷彿加入了學校的啦啦隊。再說，一個人性格的複雜，又豈是一張最喜愛的東西清單可以說清楚？

> 用得其所，impose很能顯示一個人的英文修養甚至教養。例如婉拒邀請 "Thanks, but I don't want to impose."（謝謝，但我不想添麻煩。）。

在這過度強調透明度（transparency）與合羣性（sociability）的年代，我們忽略了私密和隱私（privacy）的必要和可貴。我們只有在不受公眾干擾的狀態下才可以發展自我，這也是為甚麼認真的閱讀（serious reading）可以陶冶品格和打造個性，即英文所謂的 "character building"。

不可以用瀏覽代替閱讀

閱讀是作者與讀者腦袋的相遇和心靈的溝通，它是一種徹底的私人的體驗，讓我們反思、內省，尋找自己的靈魂。如果夢一如佛洛依德所言，是一條通往潛意識的密道（Dreams are the secret passage to the sub-conscious.）　，那書本就是我們得到自知之明的王道 BOOKS ARE THE ROYAL ROAD TO SELF-KNOWLEDGE.。沒有其他東西比書本教曉我們更多關於人的身份、處境和價值。數碼世界是風馳電掣的超級跑車，我們別無選擇，必須給它讓路。可是，我們絕不可以屈從於它的所有要求。例如我們不可以為了令自己更受歡迎而放棄自己的「私我」（private self）　，也不可以用「瀏覽」來代替閱讀。

> Royal road 譯作王道，意思是最佳途徑。例如，"In an insider society, network is the royal road to success." （在一個朋比為奸的社會，攀龍附鳳是出人頭地的最佳途徑。）。

王爾德嘗言，奢求深度的人是自討苦吃 THOSE WHO GO BENEATH THE SURFACE DO SO AT THEIR PERIL.。如果他生於今日的數碼世界，也許會警告世人：「甘於膚淺的人是自討苦吃。」（Those who stay on the surface do so at their peril.）。

> 王爾德是說反話的專家，最善於質疑傳統智慧。他這句話挑戰的是skin-deep不辯自明的邏輯。膚一定淺嗎？

為了更好地表達自己　原則九

「分享」的深層意義

分享不是「你做甚麼，我也做甚麼」，只有和而不同的人才可以進行真正有意義的分享……

我們活在一個「分享的年代」（the age of sharing）。跟別人互通信息和交流思想，本是尋常事；但不假思索地將 "share" 說成「分享」，卻是不要臉地將一種「虛假和強制性的親密」（false and enforced intimacy）像毯子那樣往別人身上蓋。這種偽善和虛情假意已經變成無處不在的時代特徵（sign of the times）：新知舊雨每天在Facebook巨細無遺地與你「分享」他們的生活。在任何一個有人想你發言的場合，總會有人以「分享」為名向你「逼供」。甚麼都可以拿來分享，世界彷彿變成了一個巨型的換妻俱樂部。

分享一詞當然不是由Facebook所創，但這個詞今日像傳染病那樣流行，它難辭其咎。創辦人朱克伯格（Mark Zuckerberg）多次強調，Facebook的存在意義，在於為用戶提供一條極之方便又非常有效的途徑，使他們可以隨心所欲地進行各式各樣的聯繫與分享。它幾年前推出的Open Graph號稱互聯網有史以來最具改造力的發明，最大的功能就是叫以讓使用者一覽無遺，知道同輩及朋友最近看過甚麼電影、書籍和電視節目，以及光顧過哪一家館子和酒吧；好讓他們可以跟着去做。在這個意義上，讓你甚麼都可以拿出來跟別人「分享」的社交網站推廣的，是一種盲從附和的羊羣心理 PACK MENTALITY；它們鼓吹的，是一種人云亦云、隨波逐流的生活方式。

Pack可以指動物，亦可以指人。這很合理，因為人由動物進化而來，人性中夾幾分獸性。人會像獵犬和野狼一樣跟大隊，在沒有社交媒體的年代已經如此，更何況今日？

安妮塔・埃爾貝斯（Anita Elberse）是哈佛商學院市場營銷系工商管理學副教授，她在新書《大片效應》（*Blockbusters: Hit-making, Risk-taking, and the Big Business of Entertainment*）中指出，人的本性合羣，見獵必然心喜，見賢必然思齊，所以才會出現那麼多的流行曲、賣座電影和暢銷書。這也許是事實，然而，倘若我們只懂得用合羣性來界定人性（define humanity in terms of sociability），社會和文化就會變得庸俗不堪。試想，一個只有《阿凡達》、《哈利波特》和Lady Gaga的世界，不就是一個由「合羣」這個暴君統治的世界嗎（the tyranny of the social）？

分享不是「你做甚麼，我也做甚麼。」（Sharing is not doing the same thing.）。只有各自不同但是可以和睦相處的人——英文叫做different but compatible——才可以進行真正有意義的分享。從最簡單的邏輯說起，一個沒有個性和自我的人，可以拿甚麼跟別人進行有意義的交流和溝通呢？HOW CAN YOU SHARE YOURSELF IF YOU DON'T HAVE A SELF?

問一條對的問題勝過胡亂拋出一百個錯的答案（Asking one right question is better than coming up with a hundred wrong answers.）。

的確，我們要在網上的虛擬世界存在並擁有一個明確身份，便先把自己縮小、壓平和簡化，以符合計算機一套獨特的描述語言。最早提出「虛擬現實」（virtual reality）一詞的電腦科學家及軟件設計師拉尼爾（Jaron Lanier）説得對，即使最先進、最聰明的計算機軟件，也無法捕捉到人的個性及彼此間細微的差異。它擅長做的，是把有關各人的資料收集、組織、分類和展示出來。問題是資料 —— 不管多詳細或多瑣碎 —— 永遠無法完全呈現現實（Information under-represents reality.），而生命也絕不止是個數據庫（Life is not a database.）。

「分享」成為今日社會的流行語，不知馬克思泉下有知會有何感想。財富與土地的共有和合用，是共產主義的特點。它的大同理想，是馬克思在一八七五年發表的《哥達綱領批判》（Critique of the Gotha Programme）提出「各盡所能，各取所需」FROM EACH ACCORDING TO HIS ABILITY, TO EACH ACCORDING TO HIS NEED，正是 "sharing" 的最高境界。

> 單論言簡意賅，用最少的字表達最豐富的意思，中文不會較英文遜色。以此為例，英文的十二字已經渾身是肉、全無脂肪；但總不如中文的八字真言那樣千錘百煉。

在馬克思眼中，資本主義不道德，因為它合法化和常態化資本家對工人勞動力剩餘價值（surplus value）的剝削。在資本主義制度下，勞資之間的真正分享，根本沒有可能。

改不了資本主義權力分配

互聯網和社交網站的檔案共用技術（file sharing technology）當然是馬克思所無法預料，甚至無法想像的。可是，這些技術沒有改變也改變不了資本主義制度的權力分配，以及剝削者與被剝削者關係的本質。

因為我可以

「因為我可以」五個字是最不能令人滿意但也最合理和最誠實的 *ultimate answer*。追本溯源，"*Because I can.*" 三個字的前身是更瀟灑、更睿智和更有哲學意味的 "*Because it's there.*"（因為它在那裏。）。

2004年，美國前總統克林頓接受訪問，談到與見習生萊溫斯基的醜聞。記者問：「我知道這不易回答，但關鍵的問題是，為甚麼？」克林頓答道：「這大概是最不可原諒的原因 —— 就是因為我可以這樣做（just because I could）。」

美國最多人使用的網上俚語詞典《城市詞典》（*Urban Dictionary*）對 "Because I can." 這說法有以下解釋：
"An absolute and valid verbal justification of any action that is seemingly without a clear goal or purpose. Used to make people realize that the action in itself is so mind-numblingly cool and awe-inspiring that a purpose is no longer necessary."

那即是說，有些行為無法解釋，亦無需解釋。「因為我可以」五個字是最不能令人滿意但也最合理和最誠實的 ultimate answer。追本溯源，"Because I can." 三個字的前身是更瀟灑、更睿智和更有哲學意味的 "Because it's there." (因為它在那裏。)。這句不朽名言出自1924年葬身於珠穆朗瑪峰腳下的英國登山運動員喬治‧馬洛里 (George Mallory)。出發前一天,他接受《紐約時報》專訪,被問到為何甘願冒生命危險攀登天下第一峰。他說不是為了「白雲覆蓋的山頂」,也不是為了「令人目眩的陽光」和「撲朔迷離的西藏」;而是「因為它在那裏」。

說到底,這就是我要「英為中用」的原因 —— 因為我可以,也因為它在那裏。我可以,因為我一向將英文「視如己出」;而英文一直在那裏,等待着我把它「據為己有」。

學外語的大忌是把當它當外語學,這聽起來有點荒謬,其實不然。外語習得理論 (Foreign Language Acquisition Theory) 提出內化 (internalization) 和擁有 (ownership) 這兩個關鍵的概念,所強調的就是如何將外語「視如己出」和「據為己有」。

根據《牛津高階英語詞典》（*Oxford Advanced Learner's Dictionary*）的解釋，"internalize" 是「將某種想法、態度或信念納入思想和行為模式」（to make a feeling, an attitude, or a belief part of the way you think and behave）。用於英語學習，內化就是把自己溶入英文的文法（grammar）、用法（usage）和語言特性（language properties），用它來表達自我和彰顯個性。唯有如此，才可以培養一種對英文的歸屬感和主人翁意識（a sense of ownership）；而不是當英文是事不關己甚至「用完即棄」的「身外物」。

學英文要學有所成；並且在學習的過程中得到樂趣，必須持「它也是我的語言」（It's my language too.）的信念。別搞錯，將英文視為「己出」和「所有」不是學好了英文之後出現的心態；而是為甚麼會學好英文的原因（A sense of ownership of English is the cause, not the result, of effective English learning.）。

忘不了的情歌

木匠樂隊最好的情歌都有一種眼亮心不酸的愛情智慧，充滿希望卻沒有不切實際的幻想……

張愛玲的《忘不了的畫》收錄於散文集《流言》。我是看畫的呆子，《吶喊》也好，《蒙娜麗莎的微笑》也好，從未給我帶來震撼。每次想進入畫的世界，我的批判智能（critical intelligence）都被拒入境。叫我忘不了的，不是名畫而是老歌。

Linda Ronstadt的*Long Long Time*說一個癡心女子長年累月、義無反顧地愛一個粗心大意的男人，把自尊心弄到千瘡百孔，還是得不到男人半點回應。最令人感慨的，是那個女子一開始就已經知道了結局。她愛得那麼清醒，又那麼絕望，裏面有一種命定的悲涼——「我不會說是你傷害了我，因為你根本沒有讓我親近過你。」。

可是，即使是如此絕望的單戀，因為刻骨銘心，最後也變成一股自我提升的力量。她的愛超越她的對象，成為對生命一切缺陷的包容："LIFE'S FULL OF FLAWS. WHO KNOWS THE COST?" 她說她會想着那個男人，良久良久。她會復元嗎？失戀可以是一生一世的事。即使那個男人從來沒有愛過她，這首歌告訴我們，這是她最初也是最後的愛。

> 這兩句歌詞義無反顧的說服力，連中文的「衣帶漸寬終不悔」也有所不如。生命本已支離破碎，愛一個負心人又有何不可？

*Long Long Time*有一男歌手演繹的版本，唱得不錯，但就是令人無法接受。這不是大男人主義作祟，覺得男人這樣單戀女人窩囊；而是那種沒有渣滓的悲哀是屬於女性的，「衣帶漸寬終不悔」本是非常女性的情懷。

男人害怕失敗，害怕丟臉，所以總是愛得畏首畏尾，不痛不癢。男人唱的失戀歌也是酸溜溜的，充滿自嘲、自憐與自責，像Mickey Gilley的 *YOU DON'T KNOW ME*：「你跟我打招呼，我的心跳得很厲害，幾乎不懂說話。你以為很了解我，其實對我一無所知，這一點連周圍的人都看得出。你永遠不會知道我每晚都想着你，奢望可以抱緊你、吻你；但你永遠只當我是朋友……你跟我說再見，我目送你跟那個幸運的傢伙一起離去，你永遠不會知道我愛得你這樣深。」

> 寫友情無法化身為愛情的痛苦，沒有更令人傷感無奈的流行曲了。No you don't know the one, who dreams of you at night, and long to kiss your lips...。

很深嗎？我認為他還是太懂得保護自己。法國電影大師杜魯福（中國大陸譯特呂弗，台灣譯楚浮）說，在愛情這件事情上，女性才是高手和專業人士，男人只是鬧着玩的業餘票友，不無道理。

寫失戀，最深刻的可能是Brenda Lee的*The End Of The World*。不知天高地厚、對愛情充滿幻想的少女失戀。愛人離開了，好不容易才熬過痛苦的晚上，但在天亮的時候，她竟發現這個世界如常運轉，「太陽繼續照

耀」，「浪濤依舊拍岸」，「星星還在閃亮」。她絕望地問：「我不明白，為何萬物不變？我不明白，為何生活如常？」然而她最痛心的，是發現自己的心仍然跳動。

我聽過關於婚姻和承諾最好的一隻歌，是木匠樂隊的 "For All We Know"。對很多人來說，婚姻是一個休止符。我們結婚，以為已經把對方看通看透，所以與婚姻結伴而來的總是許多詫異的發現和痛心的失望。對Carpenters來說，婚姻是了解的開始而非結束。一對真心相愛的男女結婚，因為他們願意花一輩子的時間去了解對方。

死時只有三十三歲的Karen Carpenter唱：「親愛的，看看我們吧，兩個走在一起的陌生人。不打緊，我們有一生的時間共享，每天知你多一些。我覺得我們很親密，但只有時間可以證明一切。讓我們用一輩子的時間去說一句『我很了解你』，因為只有時間可以加深我們的了解。」

木匠樂隊最好的情歌都有這種眼亮心不酸的愛情智慧，充滿希望卻沒有不切實際的幻想。他們最後的一首情歌，也許亦是最好的一首，叫 "Make-Believe It's The First Time"（當這次第一次），歌詞本身就是一篇精彩的散文，最後一段是這樣的："THE DOOR IS CLOSED. JUST YOU AND I. WE'LL TAKE OUR TIME WITH LOVE THE WAY IT OUGHT TO BE. THIS MOMENT IS OURS AND TONIGHT'S THE NIGHT. AND IF WE FALL IN LOVE, THAT'S ALRIGHT."

現代人往往只懂得催生或扼殺愛情，誰有耐性去 "take his time with love" ？ "If we fall in love, that's alright." 當然不是甚麼驚天動地的愛的宣言，卻足以令人感動，甚至感恩。這令我想到張愛玲那篇只有寥寥數百字的散文《愛》的最後一段：「於千萬人之中遇見你所遇見的人，於千萬年之中，時間的無涯的荒野裏，沒有早一步，也沒有晚一步，剛巧趕上了，那也沒有別的話可說，惟有輕輕的問一聲：『噢，你也在這裏嗎？』」

日本 · 人情 · 情人

資本主義社會懲罰沒有伴侶的人，即使在人情通達的日本，單身漢也抗議在聖誕和情人節遭歧視……

記不清是哪個聰明人說的，即使是地獄，對毋須在那裏久留的訪客也有一定的吸引力 EVEN HELL IS CHARMING FOR THOSE WHO DON'T HAVE TO STAY THERE.。日本，這個在二次大戰犯下數不清泯滅人性

罪行的國家，最令我着迷的地方竟是它的人性化。在這裏，人類最卑微、最基本、有時也是最難於啟齒的需要得到最寬大的包容和最貼心的照顧。

這並不無誇張。人的貪新好奇，令他們對所有「不一樣」的東西心生嚮往。我們不辭勞累地穿梭旅遊，就是為了經歷異國情調和捕捉體會異國風味，英文稱之為exotic。

我每一次在日本逛它的百圓店（100-yen shop，相當於香港的「十蚊店」），都有一種發自肺腑的感動和感恩。那些琳瑯滿目的商品不僅如實反映生活無邊無際的複雜（infinite complexity），更予人希望，讓人相信每個難題都有解決的方法（Every problem has a solution.）。難怪日本人那麼喜歡逛百圓店，那簡直是「購物療法」（shopping therapy）。你在這裏不只買到物超所值的商品，並且在瀏覽和選購的過程中得到一種掌握到生活的快感（a sense of control），以及對自己人性的重新肯定（reaffirmation of your own humanity）。

我也喜歡在黃昏和下班時間逛日本的百貨公司，那是多麼激動人心的經驗，跟看最好的日劇不遑多讓。在這裏，襯托着蕩氣迴腸的背景音樂，甘於平凡的女售貨員傾盡全力幫發白日夢的OL（Office Ladies，辦公室女職員）以最佳面目和體態示人。愛情的失落與期盼，資本主義的浪漫與虛偽，在一剎互相凝望，卻始終沒有相認。

日本的通人情和有人情味，還可見於它對待失敗者的態度。現代人最徹底

的失敗，不是沒有錢的窮（poor in money），而是沒有愛的窮 **POOR IN LOVE**。如果不是為了愛情以及它帶來的責任和導致的後果──婚姻、家庭和兒女，誰又願意做樓奴和仰人鼻息的上班族，抓緊一份沒有前途的工作不放？倘若現代人不再相信愛情，靠生產和消費帶動的資本主義很快就會日暮途窮。所以資本主義社會必須殺一警百，千方百計懲罰沒有伴侶的人。可是在日本，形單影隻的人一樣可以活得瀟灑。比方說，很多日本餐廳都設有單人座位，這些座位往往佔據餐廳的最佳位置，或臨街，或看海，或安於一隅，總之絲毫不帶歧視成份。

> 愛因斯坦說，人皆無知，只在不同方面（We're all ignorant, just about different things.）。同樣，人皆貧窮，只在不同方面（We're all poor, just in different things.）。

不過，這可能只是我這個訪客的浪漫想像和偏頗觀察。據報道，東京的單身漢在二零零六年成立了一個名為「革命失敗者聯盟」（Revolutionary Losers' League）的組織，抗議社會對他們百般歧視。每年十二月下旬，他們都會在市中心帶着口罩和頭盔示威，張開橫幅和高呼口號，告訴世人「單身漢在日本過聖誕和情人節是男人最痛」。

這當然是誇張之言，但世上沒有一個節日比情人節更好心壞事卻是事實。情人節的原意，是給有情人一個互表愛意的機會，就像母親節和父親節給子女一個孝順父母的機會。問題是每個人生下來就有父母，情人卻可遇不可求。有人花了一輩子都找不到情人，他們可以怎樣過情人節？

沒有愛情的生活不好過，但城市人總有排遣寂寞的方法；但情人節那天的空虛難堪，卻可以將一個獨居的單身男女活活迫瘋。那鋪天蓋地而來的屬於他人的濃情蜜意，那種「斯人獨憔悴」的寂寞和「良辰美景虛度」的遺憾，把原本已經結疤的傷口挖得潰爛，把原本已經空虛的心靈挖得更空虛。

情人節發展到今日，不但變得徹底商業化，更是大眾傳媒合力炮製出來的媒介事件。在情人節那天，它們將失戀、單身的男女塑造成失敗者，把愛情的失落說成是可恥的缺陷。在這方面，最不可寬恕的是電台。電台本是寂寞人的媒介，心靈空虛的人最懂得欣賞電台獨特的感性。它在情人節那天倒戈相向，可以說是出賣了它平日最忠心的擁護者。

對失戀的傷心人，情人節是一個殘忍的笑話。對那些徘徊在愛海邊緣躍躍欲試的男女，情人節更是痛苦的折磨。一段關係剛剛開始便遇着情人節，對男女雙方都是嚴格的考驗。倘若處理不當，這段關係可能以後都不會發展到拉手親嘴的親密。從這個角度看，情人節透視了城市人處理兩性關係的小心翼翼和步步為營。大家都渴望對方表白心跡，卻不想給別人看到自己的底牌。

情人節是個難玩的遊戲。天曉得一個男人要經歷多少心理掙扎，才有勇氣在情人節那天約會他心儀的女人。他承受沉重的心理和社會壓力，知道在當天必須有所行動，否則就是對女方的侮辱。然而，在情人節那天表態無異於示愛，而在兩性戰爭，示愛就等於投降。更何況就算你肯將自己的愛

意赤裸裸地交出，對方也未必肯接受。愛情不可催生，為了在情人節有所表示而勉為其難，只會碰得焦頭爛額。

民主的最大敵人

民智是實踐民主的基本條件，製造集體愚蠢的人，才是民主真正的和最大的敵人⋯⋯

在香港，談民主的人多，談民智的人少，談民主與民智關係的人更少。這個現象反映了某些人不是頭腦簡單，就是居心叵測。

即使你相信民主是普世價值，甚至是放在任何社會都可以造福人民的所謂"UNIVERSAL GOOD"，也不得不承認「有效、運作良好的民主制度」（functioning democracy）不可能出現於一個充斥着集體愚昧與無知的社會。這其實是常識：你賦予人民當家作主和選賢與能的權利，便要盡其所能，確保他們有能力根據事實，並充份考慮自身和社會的整體利益，繼而作出明智的選擇；否則你就是把一支裝上子彈的手槍給小孩子把玩。的確，在民主制度表面上最成熟的美國，每年大大小小的選舉之中，也經常出現違反選民自身利益的投票行為（voting against their self-interest）。

這是香港民主發展最大的絆腳石。常言道，知識就是力量（Knowledge is power.）；但在亞洲四小龍之中，香港對教育的關注最少。教育比民主重要，因為教育是民主的基礎。如果我們真的要上街，首先要爭取的應該是教育改革；其次是抗議傳媒對香港人填鴨式灌輸愚蠢和洗腦。香港人在爭取民主的同時不可捨本逐末、倒果為因；但令人感慨的是今日在香港，走上街頭以一種指定方式爭取民主，已經成為一條不是對就是錯的「是非題」，而非容許你運用獨立思考和判斷的「選擇題」。說教育比民主重要，更會被標籤為一種保守、甚至反動的「政治不正確」。傳媒和政客只談民主不談教育，因為在他們的想像裏，民主是一齣善惡分明、正邪對決的通俗劇，人人都喜歡看；而教育卻是一篇枯燥乏味的學術論文。

在這個意義上，一方面不遺餘力地鼓吹和爭取民主，另一方面又無所不用其極地蒙蔽羣眾和製造集體愚蠢的人，才是民主真正的和最大的敵人。他們將整個社會帶往「笨下去」（dumbed-down）的方向發展，逐步削弱它實踐有效民主的基本條件，最終使它淪為一個不合格的民主社會 UNFIT FOR DEMOCRACY。這是從內部打擊民主的發展和進程，對民主所造成的傷害絕不下於明目張膽的外部打壓。

美國是「民主內傷」的顯例。長久以來，在沒完沒了的意識形態紛爭，以及政黨、財團、利益團體與媒體無孔不入的操縱下，很多美國人喪失了分辨謊言與真相的判斷力。他們會相信，前伊拉克總統薩達姆是「九一一」襲擊的策劃人。總統奧巴馬動用數以百億美元的納稅人金錢拯救瀕臨破產的銀行，但對在投資、退休金和房地產市場上損失逾十二萬億的老百姓卻見死不救。這樣一個劫貧濟富的總統，在傳媒和政敵的口中竟成了社會主義者，更匪夷所思的是，不少美國人竟然對此深信不疑。

凡此種種，顯示廣泛而深刻的無知與羣眾愚昧已經在美國社會落地生根。美國作家和前桂冠詩人西米克（Charles Simic）是其中一個對此深感憂慮的有心人，早前更在《紐約書評》的網頁，以《無知的年代》（The Age of Ignorance）為題，撰文哀悼美國人的民智每況愈下，並指出由於無知的人永遠比有見識的人容易宰割，愚弄和瞞騙民眾已經成為美國所餘無幾的其中一項本土工業。

美國實用主義哲學家胡克（Sidney Hook）認為，愚昧可以是一股至為重要的歷史力量 STUPIDITY IS SOMETIMES THE GREATEST OF HISTORICAL FORCES.。特首選舉期間，三個參選人之中有兩個不斷被

妖魔化，抹黑、栽贓、誹謗、人身攻擊和人格謀殺的事件不斷發生，傳媒和政客不但沒有幫助大眾明是非、辨真偽和分對錯，反而往往是這些妖魔化、抹黑、栽贓、誹謗、人身攻擊和人格謀殺的始作俑者，或至少是同謀。面對赤裸裸、來自四面八方的操縱和支配，很多香港人都似乎沒有抵抗力，而只會隨着愚民的指揮棒起舞。再這樣發展下去，愚昧遲早會成為香港一股重要的政治勢力。

> 在英文的慣用法中，一個常犯的錯誤是混淆了 making judgment（作出判斷）和 being judgmental（評頭論足、動輒指責人）。

可是，我們也不必過於悲觀。民主跟上帝一樣，給予人類行使他們自由意志的權利；而只要讓我們選擇，我們就有機會選擇錯誤。關鍵是選民能否從他們的錯誤中汲取正確的教訓，在下一次選舉中以投票的方式向壞領袖或其代表的政黨說：「滾蛋，你違反了與我們簽訂的社會契約！」從這個角度看，民主制度的最大優越性在於它有一個內置的自動調節機制，讓選民在反覆試驗和不斷摸索之中糾正自己的錯誤。正因為這個原因，民主的素質跟選民的素質有不可分割的關係，優質民主，只會產生於一個選民能夠從錯誤中汲取教訓的學習型社會。

華洋雜處

張愛玲、林語堂、錢鍾書和余光中與英文的愛恨關係

對一整代中國作家和知識份子來說，英文是君子好求的窈窕淑女。它是德先生（民主—Democracy）、賽先生（科學—Science）和費小姐（自由—Freedom）這些勝利者的語言，代表文明和進步、時尚與好生活。「民國女子」張愛玲在上海租界長大，第一篇正式發表的文章是《我的天才夢》的英文版，當時她只有17歲。成名後她將《金鎖記》改寫成英文小說 *The Rouge of the North*，更將全本《海上花》譯成英文。到了晚年，在美國生活的張愛玲索性放棄用中文寫作。她野心最大的兩部自傳小說《雷峰塔》和《易經》都是用英文寫的。她畢生的遺憾，是她的英文寫作沒有像林語堂那樣，在西方受到讀者歡迎和學術界重視。

英文造詣頗高，對美國文化常有真知灼見的張愛玲用中文寫作時不隨便加插英文，但幾乎每次皆能曲盡其妙。她在《談看書》提到 "the ring of truth"，形容它是事實發出的「金石聲」，讓人聽上去「內臟感到對」（internally right），因為「可以隱隱聽見許多弦外之音齊鳴，覺得裏面有深度闊度」。這不是翻譯，而是利用外國語言的新奇和陌生去作思想的跳躍。在《憶胡適先生》一文，她將 "feet of clay" 譯成「黏土腳」，說凡是偶像都有「黏土腳」，否則就「站不住腳，不可信」，不動聲色就顛覆了 "feet of clay" 解性格缺陷的原意。

令張愛玲既羨又妒的林語堂也許是「中國以英文寫作的第一人」，但說他的英文好，是考慮到他的母語不是英文。即使對這位幽默大師敬之如神，

也很難説他的文筆比得上艾略特（T. S. Eliot）、喬治•奧維爾（George Orwell）或者羅倫斯（D. H. Lawrence）這些英美的典堂級作家。同樣用英文作為第二語言寫作，以探討戀童癖的《洛麗塔》（Lolita）震撼文壇的俄裔美籍作家納博科夫（Vladimir Nabokov）堪稱散文大師（prose stylist），但林語堂頂多是個散文家（prose writer）而已。他的暢銷書The Importance of Living（著名的《生活的藝術》是中文版）有以下多達51字的長句子：

Anyone who is wise and has lived long enough to witness the rise and fall of fashion and morals and politics through the rise and fall of three generations should be perfectly satisfied to rise from his seat and go away saying "It was a good show," when the curtain falls.

以長句子顛倒眾生的英國作家吳爾芙（Virginia Woolf）認為，句子可長但不可囉嗦，更不可炫耀自己的長度（A sentence can be long but not long-winded and should never call attention to its length.）。林語堂這句子的問題是聰明太外露和經營太刻意，因而顯得匠氣十足；而這正是寫長句子的大忌。首先，"who is wise"是敗筆，流露出作者認為自己比讀者聰明很多的優越感。其次，接連使用"the rise and fall"不但造作而且牽強。三代的升沉起落當然説得通，但用來形容「時裝、道德和政治」卻有點彆扭，倒不如乾脆用"changing"（更迭）。

林語堂對自己的英文非常自負，這可以從他説邱吉爾的英文只是「不錯」

可見。在《談邱吉爾的英文》，他提到邱吉爾病危，有人問他對死亡的感想，他答道："I leave when the pub closes."。林語堂譯成「酒店關門時，我就走。」。"pub"在英國人的生活中扮演重要角色，一般譯作酒館或酒吧；與酒店的含義和引發的想像大大不同。"leave"用作死的委婉詞（euphemism），譯作「離開」似乎比「走」合適。原文是一句短小精悍的句子，乾淨俐落；譯成中文卻變得拖拖拉拉，想不通為何不可以是「我會在酒吧關門時離開。」。

智者千慮，必有一失。英文再好的中國人玩英文雜耍，有時也難免失手，在抖盤時跌破一兩隻碟子。錢鍾書是貨真價實的大才子，據說英文造詣之高，可以把英文玩弄於股掌之間。不過，「據說」往往是事實的敵人，這次也不例外。錢鍾書夫人楊絳頗以夫君的英文智商（English quotient）為榮，在《聽楊絳談往事》一書，她提到錢鍾書在文革時奉命參與《毛澤東選集》的翻譯工作。其中一句「吃一塹，長一智」幾乎難倒所有人。大家問錢鍾書該怎麼譯才算「信達雅」，他想也不用想就答道："A fall into a pit, a gain in your wit"。問題就出在「想也不用想」。以「pit」和「wit」來押句尾韻固然巧妙，但用「fall」和「gain」來做對比卻嫌想得不夠透徹。「rise」既是「fall」的天敵也是摯友，為甚麼不用它來代替同樣解作增長的「gain」？錢鍾書是何許人，怎會不知道 "A fall into a pit, a rise in your wit" 比 "A fall into a pit, a gain in your wit" 勝一籌？他不假思索地用「gain」而沒有想到要用「rise」，相信是受成語 "no pain no gain" 的影響。這也難怪，此話在英語世界固然家喻戶曉，在華人社會也廣泛流

傳;且意思跟「吃一塹,長一智」完全一致,都是提醒世人不勞則無獲。

余光中比張愛玲小八歲。他一生與英文有緣,為學好英文,想必流過不少血汗和淚水。可是,在南京而不是上海出生的余光中跟張愛玲不同,他從來沒有以英語寫作留名的志向和抱負。他的英語寫作能力遠遜張愛玲和林語堂,但對優秀的英語寫作有極高的領悟和鑑賞能力,因而選擇以翻譯而非創作與英文建立「親密關係」。

余光中不是不會在寫作中夾雜英文,但用起英文來總是有紋有路,不卑不亢。有時,就像旅人離開是為了回來,余光中用英文,是借它來彰顯中文的美而有力。英文在他的中文寫作中不管多麼靈巧俏麗,也只是善解人意的婢女,頂多是千嬌百媚的愛妾。只要中文這個知書達禮、儀態萬千的大家閨秀正室出場,馬上得靠邊站當第二把手。多年前,他為梁錫華的散文集《揮袖話愛情》作序,說作者寫自己「每到緊要關頭,卻又左右而顧,吞吐而言,或者索性戛然而止」。他用英文"tantalizing"形容此一誘人、可望而不可即的散文風格,卻不忘在"tantalizing"之前加上「探透耐性」四個字。「探透耐性」之於"tantalizing",當然是音意俱佳、妙到毫顛的翻譯。在余光中的心目中,可能更是確鑿的證據,向世人宣示「任何英文可以做的事情,中文定可做得更好。」(Anything English can do Chinese can do better.)。

林語堂、錢鍾書、張愛玲和余光中都是精通英文的傑出中文作家。他們愛中文,也愛英文,但從未想到中文和英文可以像中國人和外國人在上海

租界那樣「華洋雜處」。對他們來說，英文仍是「他者」的語言。使用這套語言，需要充份的理由（例如談邱吉爾的英文），更牽涉到誰駕馭誰、誰比誰優勝的權力問題（「任何英文可以做的事情，中文定可做得更好。」）。

其實在一個中英並用、華洋雜處的社會，英為中用理所當然，不必強作解釋。在這樣的語文環境下，寫作的時候硬要將中文與英文隔離並區別對待，反而違反自然。語言隔離政策跟種族隔離政策一樣，都是建基於恐懼與歧視。英文無疑是強勢語言，但中文何懼之有？英文可以為中文所用，但中文卻難以為英文所用，中國人對此不該引以為傲嗎？

英為中用十大原則

作　　者：林沛理

責任編輯：黃家麗

封面設計：黃沛盈

出　　版：商務印書館 (香港) 有限公司

　　　　　香港筲箕灣耀興道 3 號東匯廣場 8 樓

　　　　　http://www.commercialpress.com.hk

發　　行：香港聯合書刊物流有限公司

　　　　　香港新界大埔汀麗路 36 號中華商務印刷大廈 3 字樓

印　　刷：美雅印刷製本有限公司

　　　　　九龍觀塘榮業街 6 號海濱工業大廈 4 樓 A

版　　次：2017 年 2 月第 1 版第 1 次印刷

　　　　　© 2017 商務印書館 (香港) 有限公司

　　　　　ISBN 978 962 07 0433 8

　　　　　Printed in Hong Kong